Walter Scheele

Frankfurt Blues

© 2020, Walter Scheele

Autor: Walter Scheele
Umschlaggestaltung: Walter Scheele
Titelfoto: Gesine Sass
Lektorat, Korrektorat: Walter Scheele

Verlag & Druck: tredition GmbH, Halenreie 40-44, 22359 Hamburg

ISBN: 978-3-7323-6409-1 (Paperback)
ISBN: 978-3-7323-6410-7 (Hardcover)
ISBN: 978-3-7345-3794-3 (e-Book)

Bibliografische Information der Deutschen Nationalbibliothek: Die Deutsche Nationalbibliothek verzeichnet diese Publikation in der Deutschen Nationalbibliografie; detaillierte bibliografische Daten sind im Internet über

http://dnb.d-nb.de abrufbar.

Der Wagen der Nobelklasse glitt leise schnurrend durch die zugeparkte Straße im Frankfurter Westend. In dem Haus mit der barocken Fassade war alles ruhig. Zu ruhig.

Nach dem ersten Klingeln umrundete der Fahrer den Block erneut, als sich auf den mehrfachen Ton des melodischen Gongs nichts rührte. Er schien sich im Gewirr der Einbahnstraßen sehr gut auszukennen. Keine Veränderung, als er zum zweiten Mal an der Gründerzeitvilla vorbeifuhr. Es regte sich nichts.

Der elegante Herr kam zu einem Entschluss. Er parkte seinen Wagen unauffällig in der Nähe der Elsa-Brandström-Schule. Die wenigen Schritte bis zu der noblen Villa mit dem Vorgarten und dem schmiedeeisernen Zaun legte er nervös zurück. Trotzdem darauf achtend, für einen unbefangenen Beobachter wie ein ruhiger Geschäftsmann, eine Hausnummer suchend, zu wirken.

Unschlüssig klingelte er. Mehrfach. Ohne eine Reaktion im Innern des Hauses. Der melodische Gong schien die Ruhe der Straße zu zerreißen. Unschlüssig sah sich der Mann um.

Dann strafften sich seine Schultern. Er kannte den Besitzer des Hauses im Westend gut genug, um zu wissen, dass der eine Zugehfrau hatte, die nur wenige Straßen weiter in einer Dachwohnung lebte. Von seinem Auto aus wählte er per Handy die Nummer der Frau.

Die Angerufene reagierte befremdet. Schließlich stimmte sie dann doch zu und kam zur Villa. Gemeinsam öffneten die ältere Frau und der elegante Herr die Haustür.

Sekunden später stürzten beide panisch aus dem Gebäude. Wo sich sonst die Nachbarn vergeblich bemühten, im Vorübergehen auch nur einen Blick in den Flur zu werfen, stand die Tür jetzt sperrweit offen. Aschfahl, zitternd lehnte die alte Frau an dem mit Eisenspitzen bewehrten Zaun.

Der elegante Geschäftsmann stürzte wie von Furien gehetzt zu seiner Nobelkarosse. Er nahm sich nicht einmal Zeit, die Tür zu schließen, griff nach dem Handy. „Westend " keuchte er in den Hörer. „Da ist jemand ermordet worden."

„Bleiben Sie dort", beschied der Lagebeamte Müller den aufgeregten Anrufer, nachdem er sich die Adresse hatte bestätigen lassen. „Wir sind gleich da."

Der Polizei war bekannt, dass die dort wohnenden Damen sich ihren Lebensunterhalt bestimmt nicht mit dem Stricken von Strümpfen verdienten. Entsprechend ruhig blieb die Durchsage des Lagebeamten an die derzeit verfügbaren Streifenwagen.

Die eigentlich mehr oder weniger mit Routinekram beschäftig waren. Der sie weder besonders auslastete noch den Beamten Freude machte. So kam es, dass sich plötzlich mehr Beamte als die übliche Einzelstreife vor dem noblen Haus im Frankfurter Westend einfanden.

„Die Tür ist offen", stellte ein junger Beamter ebenso überflüssig wie augenscheinlich fest und war schon im Haus, bevor andere Kollegen den Treppenabsatz hinaufgekommen waren. Mit kalkweißem Gesicht stürzte er nur Sekunden später aus der Tür. Würgend brachte er gerade noch heraus: „Drinnen, grauenhaft; alles voller

Blut. Der Kopf steht auf dem Handlauf ...“ dann erbrach er sich.

Seine Kollegen gingen vorsichtiger in das Gebäude. Totenstille. Dann sahen auch sie in das kalkweiße Gesicht einer jungen Frau. Starre, offene Augen schienen sie zu fixieren. Der Sockel, in dem der Handlauf endete und auf dem der Kopf stand, war blutverschmiert. Eine Lache hatte sich gebildet. Die Flüssigkeit war dunkel, geronnen. Vom Körper, der zu diesem Kopf gehören musste, war nichts zu sehen.

Die Beamten suchten auch nicht weiter. Sie alarmierten die Kripo und für alle Fälle einen Notarztwagen der Berufsfeuerwehr. Dann sperrten sie die Zufahrt zu der Straße weiträumig ab. Zwischen Senckenberg Anlage und Niedenau kam keine Maus mehr an den Streifenwagen vorbei. Auch die weiteren kreuzenden Nebenstraßen waren dicht. Die Beamten warteten. Bis Kripo und Notarzt fast gleichzeitig kamen.

So viel Brutalität erschreckte wenig später selbst die abgebrühten Tatortermittler der Frankfurter Kripo. Sie fanden sechs Leichen in dem nobel eingerichteten Haus, zum Teil übelst zugerichtet. Vier von ihnen nackt, weiblich und bildhübsch. Blutjung, wie es schien; die Mädchen waren höchstens 18 bis 24 Jahre alt. Und alle gingen hier offenkundig Mrs. Warrens Gewerbe nach. Bis sie in der feinen Umgebung so blutig endeten.

„Wir brauchen hier keinen Notarzt“, raunzte eine der Kripobeamtinnen am Tatort in den sich quakend meldenden Funk. „Schickt uns, verdammt noch mal, einen Pathologen. Am besten die ganze Gerichtsmedizin. Wir haben hier sechs Leichen. Dass bei denen nix mehr zu machen ist, sieht sogar der Dümmste.“ „Deshalb hast Du es ja auch gemerkt" erwiderte ebenso ungerührt wie uncharmant der Lagebeamte Müller.

Dann unterbrach er den Kontakt. Er hatte Wichtigeres zu tun. Und in diesem Fall längst alles veranlasst, was im ersten Zugriff nötig war. Inzwischen trafen einer der forensischen Pathologen der Universität und sein Team ein. Sie gesellten sich zum Notarzt der Feuerwehr.

„Ihr wartet, bis wir Euch rein lassen", beschied der Einsatzleiter der Mordkommission die beiden Mediziner. „Wir werden drinnen erst mal Umschau halten, sehen, was da los ist." Den Ärzten war es recht. Sollte sich die Mordkommission zunächst einen unverfälschten Überblick verschaffen.

Ziemlich blass rief schließlich einer der Beamten sie herein. An der Tür gab er ihnen je ein paar Plastiktüten nicht unähnliche Überzieher für ihre Schuhe. Dann schlüpften sie in die weißen Overalls der Tatortermittler.

Als sie endlich die Halle betraten, stockte auch ihnen der Atem. Was die jungen Ärzte hier zu Gesicht bekamen, sollten sie ihr Lebtage lang nicht mehr vergessen. Jetzt konnten sie nur eine Orgie in Blut feststellen. Denn vier toten Mädchen war der Kopf komplett abgetrennt worden. Das fünfte Opfer, eine deutlich ältere Frau, war durch einen Stich ins Genick getötet worden.

Dem einzigen Mann unter den Opfern hatte man von hinten eine Drahtschlinge um den Hals geworfen. Offenbar hatte sie der Täter mit brachialer Gewalt zugedreht. „Das geht so nur mit Griffen an den Enden. Das war ein professionelles Mordinstrument. Wie es Berufsskiller verwenden", waren sich die Beamten der Mordkommission und der Pathologe sofort sicher, als sie das

Opfer begutachteten. „Also was für ABaKo", befanden sie deshalb.

Mindestens 36 Stunden, schätzten die beiden Mediziner nach kurzer Besprechung übereinstimmend, seien die Opfer der Bluttat schon tot gewesen, bevor man sie gefunden habe. Aber genau sei das erst nach eingehenden Untersuchungen zu sagen. Wenn überhaupt noch.

„Das ist ja ein gigantischer Presseauftrieb, wie beim Sturz des Bundeskanzlers", riss der Leichenbestatter einen seiner makabren Witze. Mit seinen Kollegen legte er weiße Plastiksäcke bereit, in denen die Leichen verstaut werden sollten. Auf der Treppe am Seiteneingang der Villa standen die Metallsärge, für den Transport der Säcke in die Gerichtsmedizin.

Doch daraus wurde zunächst nichts. Die Spurensicherung beschloss, den Tatort zu beschlagnahmen. Die akribische Spurensuche und Aufzeichnung des Tatortes würde dann mit modernsten Mitteln der Forensik ohne Zeitdruck erfolgen. Was vermutlich Tage dauern sollte.

Den Leichen, meinte der Chef der Abteilung, werde es wohl egal sein, wenn sie noch ein paar Stunden am Ort des Geschehens blieben. Denn so lange würde es dauern, stereometrische Fotos zu machen. Dann hätten die Pathologen später immer noch Zeit genug zu dokumentieren, was offensichtlich war. Denn an der Todesursache gab es wohl schwerlich bei einem der Opfer etwas zu deuten.

Die Arbeit ging nicht unbeobachtet vor sich. Überall drängten sich neugierige Nachbarn. Frauen und Männer hielten mit Videokameras und Handys das Geschehen vor der Villa fest. „Als würden sie dafür bezahlt", murrte ein Polizeibeamter. Er versuchte vergeblich, die Gaffer abzudrängen.

„Darauf hoffen doch alle: dass irgendein Sender ihnen ihren selbst gedrehten Mist abkauft. Für irgendeine Realityshow. In der sie dann mit ihrer Story auftreten können ‚ich war dabei als …‘ darauf stehen diese Haie doch."

Inzwischen waren außer den Frankfurtern Experten der Spurensicherung deren Kollegen vom Landeskriminalamt in Wiesbaden zur Unterstützung eingetroffen. Für ihre Feinarbeit war nicht mehr viel übrig geblieben. „Ihr seid hier ja durchgetrampelt wie eine ganze Büffelherde", murrten die. „Was sollen wir da noch groß sichern?" Doch dann begannen sie gemeinsam mit ihren Frankfurter Kollegen die Feinarbeit mit Lupe, Kamera und modernsten Geräten für chemische Feinanalysen.

📖

Noch während am Tatort diese akribischen Ermittlungen anliefen, bereitete man im Frankfurter Polizeipräsidium eine Presseerklärung vor. „Erst mal Nebel werfen", lautete die Devise der umstrittenen Vizepräsidentin, die sich grundsätzlich die Information der Presse vorbehielt. „Auf keinen Fall Eure beliebten Andeutungen machen, hier könnte ein Zuhälterkrieg ausgebrochen sein oder die Russenmafia ihre Hände im Spiel haben", wies sie die Verantwortlichen für die Öffentlichkeitsarbeit an.

Im Bahnhofsviertel der Mainmetropole hatte sich die Nachricht vom „Massenmord im Westend" wie ein Lauffeuer verbreitet. Was dort passiert war, versetzte verschiedene Barbesitzer und ebenso die Betreiber weniger nobler Häuser in helle Aufregung. „Wer steckt hinter dem Blutbad?" Fragten sich die Herren im Rotlichtmilieu.

Denn Garbor Borsody, genannt „der Einbeinige", war einer von ihnen. Der einzige tote Mann in dieser Blutorgie hatte es zu etwas gebracht im Milieu. Deshalb konnte er das feine Etablissement im Westend aufmachen. Der Ungar war mächtig gewesen bis zu seinem Tod. Nicht beliebt, aber gefürchtet und respektiert. Weil er wusste, sich durchzusetzen.

In Moskau wie in Prag, in Warschau wie in Wien oder St. Petersburg hatte er Geschäfte gemacht, wusste man im Milieu. Nur die Polizei, die kannte diesen Hintergrund nicht wirklich. Schon gar nicht unter seinem Spitznamen. Im Präsidium hielt man ihn vielmehr für einen zwar cleveren, aber immerhin doch einfachen Zuhälter wie viele andere auch.

Erst die Vernehmung des feinen Geschäftsmannes, der die Bluttat entdeckt hatte, lieferte mehr Aufschlüsse. Über den mit einer Stahlschlinge von hinten erdrosselten Zuhälter Garbor Borsody hatte der Mann von Welt Geschäfte mit Russland abgewickelt.

Der Elegante hatte nicht nur gern und so oft wie möglich die Dienste der Damen im Westend in Anspruch genommen. Sondern mit Borsody lukrative Kunstgeschäfte eingestielt. Es ging dabei um wertvolle, russische Ikonen. Mehr war aus ihm beim ersten Befragen nicht heraus zu bekommen.

Aber ein Hinweis rutschte dem distinguierten Geschäftsmann dann doch noch raus. „Geht mal nach

Egelsbach. Wir haben uns gelegentlich dort im Restaurant des Flugplatzes getroffen." Die Beamten folgten dem Rat umgehend.

Die Kripomänner waren begeistert. Nur selten wurden sie bei ihren Ermittlungen so freundlich begrüßt wie am Flugplatz Egelsbach. „Kommt mit ins Restaurant", lud sie der Verwaltungschef des kleinen Airports ein. Das ließen sich die beiden Beamten nicht zwei Mal sagen. „Der Garbor Borsody", sinnierte der Mann mit dem militärischen Bürstenhaarschnitt und rührte in seinem Kaffee.

„Der kam nie allein. Alle haben sich gefreut, wenn der anrückte." Fliegerisch sei der Mann mit der Unterschenkelprothese gar nicht übel gewesen. Und reich auch. „Der hat die einmotorige Piper Arrow hier vorn. Aber da hinten steht sein Prunkstück: Eine Cessna 340." der zweimotorige Flieger sei mit allem Komfort für Passagiere ausgestattet, komplettierte ein Fluglotse die Beschreibung.

„Borsody hatte immer seine ‚Putzkolonne' dabei", erweiterte der Verwaltungschef die Informationen. Grinsend fügte er hinzu: „Da hatten die Leute im Tower natürlich einen super Ein- und Anblick."

Als er das Erstaunen der Kripoleute erkannte, sah sich der Fluglotse zu einer Erklärung genötigt: „Bildhübsche, knackige junge Mädchen. Beine bis oben hin, prächtige Pos und sooo Busen". Er zeigte mit den Händen ein Format an, das seine Besitzerinnen hätte zu Boden ziehen müssen. „Immer sehr knapp und einsichtsvoll bekleidet", schwelgten die Männer in Erinnerungen.

Über den Beruf Garbor Borsodys hatte man sich hier am Flugplatz wenig Gedanken gemacht. „Irgendwas mit Im- und Export", war sich der Flugplatzchef sicher. „Wenn er die Cessna genommen hat, ist er meist in den Osten geflogen. Einmal haben wir den Zoll aus Frankfurt angefordert, weil er eine größere Menge Ikonen angemeldet hatte. Für die brauchte er irgendwelche Zertifikate wegen der Einfuhrkontrolle. Was schweineteuer wurde", erinnerte sich der Fluglotse.

Der unter Mangel an Beschäftigung leidenden Zollstelle auf dem Verkehrslandeplatz war die Abfertigung dieser seltenen Ware zu heikel gewesen. Deshalb forderten die beiden Beamten Kunstsachverständige ihrer vorgesetzten Dienststelle aus Frankfurt an. Gemeinsam staunte man über die Ehrlichkeit des Importeurs. Denn der hatte bereitwillig seine sämtlichen Schätze ausgepackt. Listen und Ware stimmten bis ins kleinste Detail überein. Und beschäftigten die peniblen Zöllner stundenlang.

Wobei den erstaunten Zöllnern entging, dass die wirklichen Schätze unauffällig unter den Hutzen der Sitze verstaut waren. Die Ikonen waren nur eine teure Finte. Lenkten von der wertvollen Ware ab: 350 Kilo reines Kokain. Und das war unbemerkt durch den Zoll gegangen. Die „Putzkolonne" hatte, während die Kunstschätze überprüft wurden, für den ebenso reibungslosen wie augengefälligen Abtransport aus der Maschine und vom Flugplatz gesorgt.

📖

Für ABaKo hatten sich die Arbeitsbedingungen in der Zwischenzeit völlig überraschend geändert. Eine Konferenz der Innenminister hatte beschlossen. Ihre Ermittlungseinheit unter eigenem Namen und ohne viel Bürokratismus neu zu ordnen. Dafür zogen sie aus den alten Räumen im Polizeipräsidium aus.

Die Umzugskartons waren schnell ausgepackt, die Zimmer eingerichtet. Das ehemalige Sonderkommando OK in Frankfurt hatte nicht nur ein neues Domizil, sondern auch einen neuen Namen. Am Eingang prangte jetzt die Abkürzung für „Abteilung Bandenkriminalität und Korruption in Europa": Euro-ABaKo.

„Der alte Wein in neuen Schläuchen", äußerten Petra Stein und Klaus Wolf despektierlich gegenüber ihrem obersten Chef. Peter Horn pflichtete ihnen bei. „Aber das ist gut so", befand er. „Unser neuer Name trifft unsere Funktion deutlich besser als das alte ‚OK', das ja eigentlich nur für ‚Organisierte Kriminalität' stand."

In der Tat war die gesamte Abteilung erstaunlich kurzfristig umgezogen. Die vorher als Sonderkommando OK am Frankfurter Polizeipräsidium installierten Ermittler wurden nach polizeitypischen Querelen erstaunlich kurzfristig als Bundesbehörde installiert.

Für Peter Horn bedeutete dies eine finanzielle Verbesserung. Sein Titel blieb jedoch Kriminaldirektor. Aber Petra Stein und Klaus Wolf bekamen beide Ernennungsurkunden zum 1. Leitenden Kriminalhauptkommissar. Und mehr Geld. Alle anderen Kollegen waren, sofern nicht schon vorher geschehen, zu Hauptkommissaren befördert worden.

Die Integration in andere Institutionen der Polizei hielt sich auch weiter in Grenzen, aber das war so gewollt. Allerdings gestaltete sich die Zusammenarbeit der Kollegen herzlich und gut. Auch wenn von der ministeriellen Führungsspitze kein Hehl daraus gemacht wurde: ABaKo war ein Fremdkörper in der Polizeihierarchie. Eine eigene, von den Befehlsstrukturen selbst des Bundeskriminalamtes (BKA) unabhängige Einrichtung. Mit besonderen Befugnissen, die außerhalb ABaKo niemand genau kannte. Selbst in den zuständigen Verwaltungsbehörden unterhalb der Ministerebene nicht. Dort kursierten allenfalls Gerüchte.

Die Unzertrennlichen erfuhren von dem blutigen Vorfall im Frankfurter Westend, als sie nach längerer Dienstreise die Tür zum Konferenzraum von ABaKo aufstießen. Aufgrund der Ereignisse der letzten Stunden blieb die Begrüßung des Duos kühl, kurz und geschäftsmäßig. Keine Zeit für Witze oder Schwätzchen.

Später, als Wolf und Stein in ihrem geräumigen neuen Büro saßen, wurde es Ernst. „Wieso haben wir diese Sache bekommen?" Wolf mäkelte herum. Die ebenso attraktive wie sportliche Beamtin feixte. „Weil du, wie immer, nicht schnell genug Nein sagen kannst und unseren Boss immer herausfordernd anstarren musst."

Petra Stein zog einen roten Ordner zu sich heran, in dem die ersten Protokolle des eben angelaufenen Falls lagen. Sie las. Wortlos. Die Falten auf ihrer Stirn verrieten ihrem Kollegen Wolf, dass sich etwas Übles anbahnte. Erst als seine Pfeife rauchte, begann auch er seinen Ausdruck des Dossiers zu überfliegen. Schon nach kurzer Zeit legte er den Ordner zur Seite.

Als sie wenig später in der gemeinsamen Lagekonferenz saßen, brummelte er: „Hier stimmt was nicht. Das hätte den Kollegen eigentlich gleich auffallen müssen. Das sieht alles zu glatt aus." Seine Partnerin hob den Kopf. „Womit bist Du nicht einverstanden?" Die übrigen Kollegen sahen jetzt ebenfalls auf.

„Entweder hat hier einer einfach gestümpert, oder wir sollen gezielt auf eine Spur gebracht werden. Wer richtet so ein Blutbad an, wenn er mit Freiern rechnen muss? Möglich natürlich auch, dass hier was aus dem Ruder gelaufen ist. Kann ich mir aber nicht vorstellen. Die sind doch alle Profis."

Jetzt wurde auch ihr Chef aufmerksam. Peter Horn meinte: „Lass hören, wenn Dir was aufgefallen ist." Klaus Wolf zierte sich. Aber nur scheinbar. „Mir kommt es so vor, als würde uns ein erstklassiges Ablenkungsmanöver serviert. Richtig schön blutig dekoriert und alles, was dazu gehört."

„Woran denkst Du?" Die Spannung war fast mit Händen zu greifen. „Wir haben doch Akten über verschwundenen Mädchen aus Tschechien … wo sind die denn bloß?" Wolf ging zu einem der Aktenschränke. Endlich zog er einen Stapel mit mehreren Aktenkartons heraus. „Hier müsste doch was zu finden sein …" Klaus Wolf murmelte vor sich hin. Schließlich schien er gefunden zu haben, was er suchte.

„Hier, da sind die ersten Fälle. Alle noch ungeklärt."

„Was soll uns das in dieser Sache weiterhelfen?", schnappte Peter Horn, dessen Ungeduld immer deutlicher zu spüren war. „Wir haben es hier doch mit einem

Ungarn zu tun" … Wolf sah seinen Chef mit einem mitleidigen Blick an, der den Leiter des Sonderkommandos schon etliche Male zur Weißglut gebracht hatte. Auch jetzt schien er kurz vor einer Explosion zu stehen.

Petra Stein spürte sofort, was sich hier anbahnte, versuchte zu vermitteln. „Peter: Lass Klaus machen, der hat mit seiner Hirnakrobatik schon so oft …" Horn nickte angewidert und wandte sich brüsk ab.

Der Aktenstapel, in dem Wolf zu lesen begann, gehörte zu den eher dünnen. Mit Wolfs ziemlich unleserlichen Schrift war er mit „Stardust" markiert. Sonst stand nur ein Datum auf dem Hängeordner. Aber er hatte es in sich.

„Ein merkwürdiger Zufall", fand Petra Stein, „Deine Notizen sind eigentlich schon uralt." Wolf gab ihr recht, war sich seiner Sache noch längst nicht sicher, als er sich weiter in die Unterlagen vertiefte. Gab es oder gab es keinen Zusammenhang? Diese Spur schien auf den ersten Blick kalt. Aber: Zwei Namen der toten Mädchen aus dem Westend stimmten mit Vermisstenfällen aus Ungarn überein. Irgendwie hingen die Fälle zusammen. Das hatte er im Gefühl. Seine Pfeife ging aus.

📖

Dass hier was nicht stimmen konnte, war auch einem Mann aufgefallen, zu dem die früheren OK- und jetzt ABaKo-Beamten ein eher gespaltenes Verhältnis hatten: Jo Bertram, Polizeireporter der Nachtpost. Er hatte sich zwar schon öfter mit seiner Berichterstattung als hilfreich für die Polizei erwiesen, aber… Sehr oft hatten die Ermittler Probleme bekommen, weil er viel zu früh

– ihrer Ansicht nach – mit selbst herausgefundenen Details in die Öffentlichkeit gegangen war. Die man aus ermittlungstaktischen Gründen lieber zurückgehalten hätte.

Jetzt kam dieser Jo Bertram wieder mit Erkundigungen zu ABaKo, die man lieber nicht mit ihm im Detail erörtern würde. Da war sich das ganze Team sicher. Er hatte bereits über die blutigen Vorfälle im Westend berichtet. Horn fluchte ohne Rücksicht auf seine weiblichen Beamten, als der Reporter jetzt einen Ordner mit Fotos auf den Tisch knallte.

„Eure Mädchen", grinste er, „soweit möglich mit Namen und sogar angeblicher Herkunft", grinste der Pressemann. „Aber ich kann nicht garantieren, dass ich die richtigen und nicht nur ihre ‚Künstlernamen' habe." Horn fluchte noch einmal.

„Wo hast Du die aufgetrieben?" Unverhohlen feixend schüttelte der Reporter den Kopf. „Das genau werde ich Euch nicht sagen", lächelte er breit. „Aber Deine Leute sind nicht sehr clever", ging er Horn direkt an. „Ihr hättet Euch nur in unseren Kreisen um die Moselstraße umhören müssen. Im ‚Dampfross' wird unverhohlen darüber gewitzelt, wie dämlich sich Eure Kollegen bei den ersten Ermittlungen angestellt haben."

Dem Chef von ABaKo war unwohl. Die ganze Sache stank ihm. „Wirst Du die Namen und die Bilder veröffentlichen?" Jo Bertram nickte nachdrücklich. „Ihr habt bis heute Abend Vorsprung", kündigte er an. „Wenn mein Chef die nachher zu sehen bekommt, wird er die Bilder für die Spätausgabe um 21 Uhr haben wollen."

So kam es auch. Die Spätausgabe der Nachtpost war schnell verkauft. Sie wurde den ambulanten Zeitungshändlern an den Kreuzungen und in den Kneipen der Frankfurter City förmlich aus den Händen gerissen. Vor allen Dingen der Bilder der jungen Damen wegen. Es störte nur wenig, dass bei einigen statt des Namens nur ein Kreuz zu sehen war. Ohne nähere Angaben zu der jungen, verblühten Schönheit.

📖

Inzwischen stellte sich heraus, dass bei den Ermittlungen im Westend wirklich nicht nur ein entscheidender Fehler unterlaufen war. Noch machte sich dieser Schnitzer nicht bemerkbar. Denn die Polizei tappte einstweilen völlig im Dunkeln, damit hatte Jo Bertram recht. Was sich allerdings schnell änderte, als ABaKo auf Forderung von Klaus Wolf begann, das „Strickmuster" des Blutbades im Westend mit dem anderer Tötungsdelikte abzugleichen. Zuerst um dabei routinemäßig nach Unterlassungen bei der eigenen Arbeit zu suchen.

„Wir haben doch ein Phantom in unserer Liste", meinte eine der Kommissarinnen in der ABaKo. „Hinterlässt so gut wie keine konkreten Hinweise, geht unheimlich brutal vor. Verursacht immer eine blutige Spur. Aber keinen noch so kleinen Anhaltspunkt, der auf seine Person deuten könnte. Er ist ein Schemen."

Was diese Erkenntnis denn in ihrem Fall wohl helfen könne, murrte ein Kollege. Das konnte die junge Frau mit der altmodischen Hornbrille nicht aus der Ruhe bringen. Selbst völlig ohne jede Fantasie was ihre Kleidung betraf, und deshalb vom Aussehen her eine graue Maus, warf sie dem Kollegen vor: „Du hast keine Vorstellungskraft. Selbst der kleinste Hinweis kann, mit anderen zusammen, zu einer Spur werden. Das sehe ich hier auch."

Petra Stein kannte die Kollegin. Sie musste immer gedrängt, entsprechend hofiert werden, ehe sie etwas sagte. Ihr eidetisches Gedächtnis war schon im Betrugsdezernat oft unverzichtbar gewesen, wenn es um komplizierte Fälle ging. Aufmunternd lächelte sie ihr deshalb zu. „Lass hören", forderte die Stein sie auf.

In der Tat war der wenig beliebten Kollegin etwas aufgefallen. Sie hatte es wenig kollegial zunächst für sich behalten. Wollte warten, bis sie gefragt würde, wollte endlich mal wieder im Mittelpunkt stehen. Ein Verhalten, das ihren Kollegen schon häufiger missfallen hatte. Jetzt fragte sie in den Raum, fast als gehöre sie nicht zum Team: „Was hat denn eigentlich die Untersuchung des Wagens von Borsody ergeben?"

Der wie immer in dunkle Tuchhose, weiße Bluse und blauen Blazer gekleideten Kommissarin war als einzigem Teammitglied aufgefallen: Es gab noch kein Ermittlungsergebnis zum Auto des ermordeten Borsody.

Um es genau zu sagen: Es hatte noch niemand nach dem Gefährt des ermordeten Ungarn gefragt. Es war einfach übersehen worden, nach dem fahrbaren Untersatz der Unterweltgröße zu fahnden. Nicht einmal ein Kennzeichen war ermittelt worden. Obwohl: Ein Mann wie Borsody ohne Nobelkarosse in Frankfurt? Das konnte sich niemand vorstellen. Normalerweise jedenfalls.

Das Auto war schlicht und ergreifend nicht gefunden worden. Weil es niemand eingefallen war, nach einem Wagen zu suchen, der Borsody hätte gehören können.

Deshalb hatte auch niemand eine Fahndung danach herausgegeben. Ein Versäumnis, das so augenscheinlich wie schwerwiegend war. Es hätte einfach zum ABC der Ermittler gehören müssen, sich um das Auto zu kümmern. Und gerade deshalb hatte man diese Spur vergessen.

Was jetzt umgehend nachgeholt wurde. Nachdem feststand, dass der Ungar stolzer Besitzer eines nagelneuen BMW der oberen Mittelklasse war. Ausgestattet mit allem, was dem Autofahrer gehobenen Standards gefallen mochte. So war der BMW jedenfalls für Kenner auffällig. Deshalb landete dieses automobile Schmuckstück umgehend in der bundesweiten Fahndung. Als wichtiges Beweisstück bei einem Kapitalverbrechen.

📖

Es dauerte geschlagene zwei Tage, dann meldete sich eine Polizeidienststelle weit im Süden der Republik. Die Radarauswerter der Polizei in Traunstein meldeten, in Ruhpolding sei der Wagen, versehen mit den Originalkennzeichen aus Frankfurt, geblitzt worden. Mit einem Paar auf den vorderen Sitzen.

ABaKo reagierte sofort. Nach dem Auto und seinen Insassen sei dringend zu fahnden, baten sie die bayerischen Kollegen. Am besten gleich mit einem Bild des Fahrzeugs. Ruhig mit dem darin fahrenden Paar. Denn das könne etwas mit der Bluttat in Frankfurt zu tun haben, von der man ja sicher gehört habe.

Damit die Kollegen sich ein Bild machen und die Presse entsprechend informieren sollten, fügten die Frankfurter ihrer E-Mail die in Frankfurt veröffentlichten Polizeiberichte an. Mit dem Hinweis, für Rückfragen könne sich jedermann an die Kripo in Frankfurt oder natürlich jede Polizeiwache wenden.

Der Fall schien in Bayern so interessant, dass nicht nur die gesamte Presse der Region das mysteriöse Frankfurter Gemetzel in epischer Breite aufgriff. Mit sämtlichen blutigen Details berichteten sogar die regionalen Fernsehprogramme. Wobei weder sie noch die Boulevardzeitungen eines der blutigen Details ausließen, sogar auf ihre „eigene Korrespondenten vor Ort" zurückgriffen. Was Jo Bertram, der hinter den meisten „Exklusivberichten" steckte, zu einer Bemerkung veranlasste: „Jetzt kann ich mir eine neue Cherry-Tastatur für meinen Computer leisten", bemerkte er der Stein gegenüber.

Die wusste sofort Bescheid. Der Reporter, einer der wenigen seiner Zunft, die ihre Tastaturen blind bedienten und nicht jede Taste suchen mussten, war ein Schnellschreiber. Was bisher keine Tastatur einer anderen Marke aushielt, wie er schwor. Weshalb er mindestens einmal jedes Jahr durch die einschlägigen Läden zog, um „die" Tastatur der Marke aus der Oberpfalz zu suchen. Denn er kaufte längt nicht jede, die angeboten wurde. Was als eine seiner liebenswerten Marotten galt. „Das ist wie mit Klaus Wolfs Pfeifen", pflegte er zu sagen, „man muss an das Ding gewöhnt werden. Und dann darf kein anderer mehr dran."

Relativ schnell meldeten sich daraufhin zahlreiche Augenzeugen, die den Wagen in Ruhpolding am Fuß des Rauschbergs gesehen haben wollten. Besonders das hübsche, etwas fremdländisch aussehende Paar war Beobachtern in der Hochburg des deutschen Biathlons aufgefallen. Selbst in dem beliebten Ferienort hatte auch dessen Wagen für Aufmerksamkeit gesorgt.

Beide über 1,90 Meter groß, der Mann wirkte sehr sportlich und die Frau schien außerordentlich gut gebaut. Beide nicht übertrieben, aber gepflegt gekleidet. Aus einem Café gab es den Hinweis, das Paar müsse wohl aus dem Osten stammen. Der Aussprache nach.

Die Hinweise auf und aus dem Café in Ruhpolding häuften sich. Das Paar war hier offensichtlich häufiger anzutreffen. Beide tränken schwarzen Tee und ließen sich mit Süßem aus der Konditorei verwöhnen. Besonders freundlich seien beide, wussten die schließlich befragten Bedienungen. Aber einen Namen? Fehlanzeige.

Den entscheidenden telefonischen Hinweis hätte der ihn annehmende Beamte beinahe routinemäßige als Fall üblicher Angeberei abgetan. Und die Notizen als unsinnig in die Ablage 17, den Papierkorb, verfrachtet. Aber dann fasste er nach. Denn in der schmierigen Stimme des Anrufers klang etwas mit. Was auf mehr als die übliche Wichtigtuerei und den Hang zum Denunzieren, gepaart mit Geldgier, zu deuten schien.

„Was gibt als Belohnung, wenn ich mach', die richtigen Mitteilungen? Denn ohne Geld ich bin vergesslich", sagte die ölige Stimme im Dialekt des Ostens. „Wird' doch nicht mein Wissen rausrücken ohne habe was davon – nun wie viel geben?"

Der Beamte beschloss blitzartig, auf das Spiel einzugehen. „Wir müssen uns treffen", beschied er den Anrufer. Allerdings ohne ihm zu sagen, dass er dessen Standort längst hatte lokalisieren lassen: eine Telefonzelle in Traunstein, ganz in der Nähe eines bei Spätaussiedlern beliebten Wohnblocks. Einheimische wohnten hier kaum noch.

Nachdem er seinen Chef informiert hatte, widmete sich der inzwischen abgelöste Dienstgruppenleiter seiner neuen Aufgabe. Der abgesprochene Treffpunkt erwies sich als heruntergekommene Pinte, die scheinbar nur von Aussiedlern aus dem Osten besucht wurde. Umgangssprache schien hier ausschließlich Russisch zu sein. Herumliegende Zeitungen auf schmierigen Tischen und die Musik vom CD-Spieler deuteten ebenfalls darauf hin.

Weshalb es sofort auffiel: Nur ein Mann saß hier allein an einem Tisch, hielt ein bekanntes deutsches Boulevardblatt vor sich. Sofort setzte sich der in zivil gekleidete Beamte zu dem Zeitungsleser. Schätze sein schlampig gekleidetes Gegenüber aus langer Erfahrung umgehend richtig ein: Kleinkrimineller, der Alles und Jeden verkaufen würde, um schnell eine müde Mark zu machen. Ohne von Skrupeln angekränkelt zu sein.

„Nu" frug der gleich, „haste Penunze bei?" Der Beamte schüttelte den Kopf. „Erst hören lassen, um was es geht. Wenn da nix hinter ist, gibt's kein Geld", beschied er den schmuddeligen, kleinen Mann mit dem stoppelbärtigen Gesicht, der nach vorn gebeugt am Tisch hinter einem abgestandenen Bier saß und an einer selbst gedrehten unförmigen Zigarette sog.

Der nach Knoblauch und billigem Fusel riechende Fremde schüttelte missbilligend den Kopf. „Schlechte Zeiten", mäkelte er. „Warum so wenig Vertrauen zu mir? Will doch nur sein ehrlicher Staatsbürger. Bin arm und brauch Geld ..." der Polizist unterbrach das bühnenreife Gejammer seines Gegenübers.

„Wir zahlen erst, wenn alles andere erledigt ist. Erst Information. Dann Überprüfung. Wenn an der Information was war, kann über Geld geredet werden. Aber nur, wenn eine Belohnung ausgeschrieben ist. Dann wird das Geld auf alle Tippgeber verteilt, Höhe danach, wie weit uns deren Angaben gebracht haben."

Unzufrieden murrend zuckte der Unrasierte mit den Schultern, schien zu überlegen. Schließlich bequemte er sich: „Also gut, hat meine Schwester 'nen Cousin, Eugen. Er wohnt mit Verlobter, heißt sie Vanessa, im Übergangswohnheim in …, der sieht so aus wie auf Bild. Kriege ich nun es Geld?"

Jetzt war es an dem Beamten, die Schultern zu zucken. „Ich weiß nicht, ob eine Belohnung ausgeschrieben ist. Aber es wird sich vermutlich was machen lassen, wenn … Sag' erst mal, wie der Mann mit vollem Namen heißt. Und dann ruf mich übermorgen an, dann weiß ich Näheres."

Zur Überraschung des Polizisten ging sein Gegenüber auf diese Forderungen ein. Mit Namen und Adresse im Notizblock verließ er die Kaschemme und fuhr zurück ins Polizeipräsidium. Routineermittlungen liefen an.

Seine Chefs in der Eugen-Rosner-Straße trafen am nächsten Morgen mit ihm zu einer Konferenz zusammen. Mit Blick auf die Bahnüberführung der Wolkersdorfer Straße und auf das Klinikum Traunstein ließen ihn die Führungskräfte haarklein berichten, was er in der Spelunke und bei seinen weiteren Ermittlungen erfahren hatte.

Danach lebte der Verwandte des Schmierigen in einem Übergangswohnheim, in dem Aussiedler aus allen Teilen der ehemaligen UdSSR untergebracht wurden. Zusammen mit seiner Verlobten. Das Paar war gemeinsam gekommen. Beide seien bisher völlig unauffällig.

Das Paar sei allerdings öfter, entweder per Zug oder in einem geliehenen Auto, zu „Vorstellungsgesprächen" unterwegs gewesen. So jedenfalls die schnellen Recherchen der Traunsteiner Polizei bei der Ausländerbehörde.

„Eine wahre Hexenküche" befand einer der grauhaarigen Beamten, sei dieses Heim am Rand eines kleinen Ortes. „Immer wieder gibt's dort wodkabedingte Schlägereien. Die Messer sitzen locker und Drogen sind leicht zu haben. Da gehen wir nicht einfach rein und holen jemand raus."

Der jetzt ins Visier der Polizei geratene Mann sei an derartigen Vorfällen bisher noch nicht beteiligt gewesen. Obwohl seine Verlobte bildhübsch und der Mangel an Frauen in dem Haus allgemein bekannt sei. Jedenfalls fand sich das Duo nicht in einem einzigen Einsatzbericht des Präsidiums.

Trotzdem fiel der Beschluss schnell, dies sei ein Einsatz für das Sondereinsatzkommando (SEK). „Die haben lange nix mehr zu tun gehabt, das wird denen ganz willkommen sein", meinte einer der „Leitenden" zynisch. Ein anderer hoffte, der Einsatz werde nicht blutig werden. Denn: „Während der Vorbereitungen zur Wintersportsaison brauchen wir so was wie in Frankfurt ganz und gar nicht."

📖

Der wolkenverhangene graue Himmel versprach einen wenig touristenfreundlichen Donnerstag. Geräuschlos umstellte das SEK Traunstein im Morgengrauen das zwischen Waldrand und Wiesen an einer schmalen Straße gelegene Aussiedlerheim. Dann ging alles ganz rasch. Die Beamten huschten durch die nicht verschlossene schäbige Haustür über die Flure, postierten sich vor dem winzigen Apartment, in dem das verdächtige Paar hinter einer dünnen Sperrholtür mehr vegetierte als lebte.

Mit einem Schulterstoß öffnete ein vermummter Beamter die Tür, rollte sich in den Raum ab und kam vor dem Bett sofort auf die Füße. Das Paar, dicht in eine Steppdecke gewickelt, riss die Augen auf und starrte in den Lauf einer Maschinenpistole.

„Njet, njet“, schrie der Mann entsetzt, während die Frau zu weinen begann. Als drei weitere Beamte in den Raum stürmten, zog der Mann langsam die Arme unter der Bettdecke hervor, signalisierte zitternd, dass er unbewaffnet sei.

„Was ist los?“ Stammelte die junge Frau immer wieder. Sie durfte unter der Steppdecke bleiben, während der nur mit einer Unterhose bekleidete Mann sich umgehend unter den Augen der Beamten Jeans und ein T-Shirt überstreifte.

Dann wurde er in Handschellen ins Freie befördert und in einen Transporter ohne Scheiben verfrachtet. Hier eröffnete ihm ein Beamter den Haftbefehl: Verdacht, an mehreren Morden in Frankfurt beteiligt zu sein.

Eine Beamtin überwachte die still vor sich hin weinende Vanessa, während diese sich ankleidete, eine Handvoll Wasser ins Gesicht schüttete. „Was ist passiert“, schluchzte sie. „Müssen wir ins Gefängnis, wie in Moskau?“ Fragte sie von Angst geschüttelt. Die Beamtin zuckte die Schultern. Was sollte sie schon sagen? Sie wusste selbst auch nicht genau, um was es bei dieser Aktion ging.

Sie erfuhr, dass Vanessa, weil deutschstämmig, in ihrer Heimat unter Beobachtung gestanden hatte. „Ich bin Lehrerin", schluchzte sie. „Habe deutsch und englisch unterrichtet. Da war man von vornherein wegen Auslandskontakten verdächtig. Und dann kam ich mit meinem Verlobten, Eugen, zusammen. Der ist Ingenieur, hat in der DDR studiert. Das war nicht gern gesehen, wir zusammen."

Im Polizeipräsidium Oberbayern an der Eugen-Rosner-Straße beschränkten sich die Beamten zunächst auf das Notwendigste. Die Ordnungshüter überprüften intensiv die Personalien des Paares. Vor allem ihre Umsiedlungspapiere.

Schnell stellte sich heraus, dass die jungen Leute das waren, was sie angegeben hatten: eine Lehrerin und ein Ingenieur. Von einer kriminellen Vergangenheit fand sich für beide nichts in den Computern. Weder bei der Polizei noch bei der Kreisbehörde.

📖

Schon während der Einsatz des SEK in Traunstein anlief, war ABaKo von dieser Aktion verständigt worden. Jetzt, in der Frühbesprechung, überlegte Peter Horn laut das weitere Vorgehen. „Wir müssen unbedingt so schnell wie möglich wissen, welche Rolle das Paar spielt. Haben die Bayern den Wagen sichergestellt?"

Darüber hätten die Kollegen in Traunstein noch nichts gesagt, verlautete vom Frühdienst. Man werde umgehend nachfragen. Was ohne Ergebnis blieb.

„Den Wagen suchen wir noch", kam die Botschaft aus Traunstein. „Vor dem Haus hat er nicht gestanden." Schließlich kam ein gemütlicher Bajuware auf den einfachsten aller Einfälle. Er fragte Eugen nach dem Wagen und erfuhr: „Der steht in meiner Garage". Dann nannte der Festgenommene die Adresse.

Die Garage und der Wagen waren schnell gefunden. Der BMW stand sorgfältig gepflegt in einem geräumigen Schuppen. Vollgestopft mit allen für Autoreparaturen nötigen Werkzeugen. „An dem Wagen kann nix selber machen", bedauerte Eugen auf Befragen. „Zu viel Elektronik, zu wenig Mechanik." Er ließ wissen, diesen Wagen hätte er gleich verkaufen wollen, aber Vanessa sei dagegen gewesen. „Die hat Faible für technische Spielereien, deshalb…"

Auf Bitten ihrer Frankfurter Kollegen rückte umgehend ein Team des bayerischen Landeskriminalamts an. Die Münchener Spezialisten für Spurensicherung nahmen sich das Fahrzeug wirklich gründlich vor. Alle Spuren, die sie sichern konnten, wurden umgehend abgeschöpft und zusätzlich zur Auswertung an ABaKo weitergeleitet. „Zwei Teams unabhängig voneinander finden vielleicht mehr als eines allein", lautete die Begründung.

Als Dritte im Bunde wurden von den LKA-Experten Spezialisten des Herstellers aus dem nicht allzu weit entfernten München in die Untersuchung eingebunden. Sie kamen mit Spezialgeräten. Schnell stellte sich heraus, dass der Wagen in jüngster Zeit nicht mehr allzu viele Kilometer gelaufen war.

„Wenn ihr mich fragt", meinte einer der BMW-Experten, „ist der nur zum Rumkutschieren hier in der Gegend benutzt worden. Die letzte lange Strecke dürfte er am" – das Datum passte – „von Frankfurt nach München zurückgelegt haben. Da ist nämlich in einer Tankstelle an der Autobahn Sprit nachgefüllt worden. Der nächste Tankstopp war dann hier am Chiemsee und zuletzt noch einmal in Traunstein."

Woher sie das denn so genau sagen könnten, wollten die Ermittler in Traunstein von den Spezialisten der blau-weißen Marke wissen. „Unsere Bordcomputer messen und zeichnen natürlich fast alles auf, was an so einem teuren Wagen passiert. An den Tankstellen hat jeder Tankrüssel einen Codegeber, der unauffällig beim Einführen in den Stutzen, die Daten von Standort und Tankmenge ebenso wie die Sorte des Treibstoffs an die Bordelektronik des Wagens überträgt. „Für uns ist das hilfreich, wenn wir Kundenbeschwerden wegen des Motors oder des Benzins haben."

Die Traunsteiner Beamten waren verblüfft. „Warum haben wir so was nicht?" Murrten die Spurensicherer. „Dafür habt ihr uns", meinten die Ingenieure lachend. „Für euch sind die Arbeiten mit diesen computergestützten Spezialgeräten viel zu kompliziert. Für irgendwas muss ja unser Studium auch gut sein."

Ob auch andere Firmen so etwas hätten, begehrten die Kripobeamten zu wissen. „Nicht genau so", erfuhren sie, „aber ähnlich. Bei den meisten neueren Autos kann man nicht mal eine Batterie wechseln, ohne dass diese Arbeit vom Computer registriert und für die Techniker nachvollziehbar wird. Vieles was wir und die anderen Firmen aufzeichnen, erfahren nicht einmal unsere Fachwerkstätten. Das machen die Computerprüfstände unauffällig und ebenso selbstständig wie automatisch".

📖

„Wir brauchen das festgenommene Paar in Frankfurt. Sie müssen an den Tatort gebracht werden und wir müssen sie vorher hier vernehmen", war Peter Horn in der Mainmetropole inzwischen sicher. „Das können wir nicht den Kollegen in Bayern überlassen. Die haben nicht die Hintergründe."

Von Anfang an wenig überzeugt vom Erfolg seiner Aktion fragte Horn trotzdem telefonisch beim Bundeskriminalamt um Hilfe an. „Wir haben bei ABaKo eine heikle Sache am Laufen. Topsecret und international verwickelt. Zwei Zeugen sind in Traunstein festgenommen worden. Die brauchen wir dringend hier – können wir über Euch Leute und einen Hubschrauber zum Transport nach Frankfurt bekommen?"

Verblüfft nahm Horn eine gute Stunde später den Rückruf entgegen. „Die Kollegen von der Bundespolizei fliegen sofort, sagt nur wo das Duo abgeholt und wo es abgesetzt werden soll", sagte der Kollege freundlich. Horn nannte Traunstein und Frankfurt. „Wir heben in einer halben Stunde ab", beschied ihn der Kollege so deutlich wie knapp.

Begeistert von der guten Zusammenarbeit bereitete sich ein Vernehmungsteam auf seine Aufgabe vor. Im großen Kreis wurden alle bekannten Tatsachen besprochen, dann gingen die zwei Frauen und ein Kollege „in Klausur". Horn nannte diese Form der Vorbereitung auf eine Vernehmung respektlos „moralische Aufrüstung". Unterschätzte aber ihre Erfolge nicht.

Der für die Vernehmung vorgesehene Raum wirkte gemütlich, fast anheimelnd. Ein farbenfroher Teppich, ein niedriger Holztisch mit Tischdecke, drei bequeme Sessel und eine Couch mit bunten Kissen. Eher ein modernes Wohnzimmer, denn ein Raum für Geständnisse.

Unmerklich für Uneingeweihte war der Raum mit hochempfindlichen Mikrofonen, ebenso wie mit gut versteckten Kameras gespickt. Ihnen entging weder ein Räusperer noch eine Bewegung. Jede Kleinigkeit im Verhalten der Vernommenen ebenso wie des Teams konnte später von geschulten Psychologen in aller Ruhe analysiert werden.

Deshalb täuschte der äußere Eindruck. Hier erzielte ABaKo mit den Vernehmungsmethoden seiner Psychologen und Fallermittler, in Amerika Profiler genannt, sowie anderer Spezialisten die größten Erfolge. So sollte es auch diesmal werden, hofften jedenfalls die eingespielten Teammitglieder.

Eugen war der Erste. Als er in den Raum geführt wurde, stutzte er. Verdattert sah er sich um. Als eine der Frauen ihn fragte, ob er Kaffee oder Tee wolle, konnte er nur mit großen Augen um sich schauend nicken.

Schnell wurde ihm klar, dass es hier nicht um Small Talk gehen würde. Auch wenn die Gesprächsführerin, eine junge Frau mit schwarzen Locken, die über ihren Schläfen baumelten, eine Schönheit war, die ihn verwirrte. Und ihre dunklen Kulleraugen taten ein Übriges. Dennoch: Ihre Fragen waren knallhart. Ohne sich bei Nebensächlichkeiten aufzuhalten, kam Carmen Franke gleich zur Sache.

Bei seinen Personalien interessierte die Schönheit gar nicht so sehr, was er studiert hatte, vielmehr waren es andere Dinge. Namen der Professoren in der DDR, Bekannte aus dem privaten Bereich dort. Die Namen einiger russischer Offiziere aus der russischen Garnison fielen. Aus Eugens Stationierung in Jena.

Einer der Namen fand sich in den Wolff'schen Ermittlungsakten. Im Zusammenhang mit Mädchenhandel und einem Hotel zwischen Langen und Mörfelden-Walldorf. Der Russe hatte einen hohen Rang in der Militärmaschinerie der UdSSR eingenommen. Dann hatte er den Dienst quittiert und lebte als Privatier. Das vernehmende Trio wurde stutzig, ließ sich aber nichts anmerken. Die untereinander abgesprochenen Signale waren so eintrainiert wie unauffällig.

Nein, dieses Hotel kenne er nicht, antwortete Eugen auf die beiläufige Frage des Ermittlers. Der hatte bis dato nur auf einem der Sessel gehockt und mit den Spitzen seiner schwarzen Schuhe gewippt. Jetzt interessierte ihn, ob der Bekannte aus der Garnison in Jena das Hotel vielleicht kenne.

Das könne er nicht ausschließen, meinte Eugen. Denn sein Bekannter sei im Westen geblieben, nachdem die UdSSR zerbrach und die Mauer aufging. Von Anfang an habe der Kontakte an den Main gehabt. Keine Ahnung, um was es dabei ging, zuckte Eugen die Schultern. Inzwischen beschäftige sich der Bekannte mit Kunsthandel. Hauptsächlich mit Ikonen. Das bringe großen Profit, denn: „Die Klöster sind voll davon, die Mönche arm und sie wissen nicht, wie teuer man im Westen Ikonen verkaufen kann."

Die zweite Ermittlerin schien besonders an Kunst interessiert. Ob er denn den Garbor Borsody in Frankfurt kenne? Der sei auch Kunsthändler. Eugen bejahte. „Der hat mit meinem Bekannten Geschäfte gemacht", sagte er spontan. „Mein Bekannter hat mich mit dem Einbeinigen, dem Borsody, zusammengebracht." Mit dem habe er sich später häufiger in Frankfurt getroffen. Er habe sogar mehrere Male bei dessen Transporten als Begleiter mitfliegen dürfen.

Spontan berichtete Eugen, er sei mit seiner Vanessa erst jüngst in der Mainmetropole gewesen. Völlig arglos nannte er das Datum. Es stimmte mit der Bluttat im Westend überein. Nachdenklich an seinem Kaffee nippend sagte der Deutschrusse, an diesem Besuch in der Mainmetropole sei etwas sonderbar gewesen.

„Sonst haben wir uns in einer Villa im Westend getroffen, gelegentlich bei ihm zuhause", erinnerte er sich. Was im Haus im Westend vor sich gegangen sei, hätten sie beide nie mitbekommen. Borsody oder seine Frau hätten sie immer in einem mit zierlichen Möbeln ausgestatteten Raum empfangen. Mit zwar erotischen, aber nicht geschmacklosen Bildern. Frauen hätten sie dort nie gesehen. Deshalb hätten sie auch immer gedacht, dies sei der Geschäftssitz der Firma von Borsody.

Diesmal sei an dem Besuch vieles ungewöhnlich gewesen. Eine Bekannte von Borsody habe ihn im Zug auf dem Handy angerufen, sie fast barsch aufgefordert, mit dem Taxi ins zu einem noblen Appartementhaus umgebaute Forsthaus Emmelinenhütte in Langen zu kommen. Sie werde im Auftrag von Garbor Borsody dort mit ihnen reden. Auf keinen Fall sollten sie ins Westend kommen.

Das sei wichtig. Weil die Adresse dort nicht mehr sicher sei.

Der Deutschrusse zuckte die Schultern. „Wir haben uns gewundert, aber weiter nichts gedacht", beantwortete er eine unausgesprochene Frage der Vernehmer. Ebenso wie sein russischer Bekannter habe der Ungar ihn und seine Vanessa oft zur Erledigung von Kleinigkeiten herangezogen. Aber die Frau in Langen, die hätten sie beide vorher noch nie gesehen.

„Ich habe Briefe überbracht", meist große Umschläge, aber nie sehr dick. Waren wohl Dokumente die bei Post nicht sicher", vermutete er über deren Inhalt. Dafür seien Vanessa und er immer gut bezahlt worden. Aber aufgemacht hätten sie die Umschläge nie. „Verboten worden."

Vor allem die Frau des Ungarn, Ingrid, habe seiner Verlobten hin und wieder Schmuck geschenkt. „Wirkte immer sehr gut und teuer", meinte Eugen. „War er auch!" Weshalb die schönen Stücke bei der Sparkasse in Traunstein in einem Safe lägen. „So wertvolle, auch eindeutig alte, Stücke kann man bei uns im Haus nicht liegenlassen", gab sich Eugen als vorsichtiger Kenner. „Wir sind froh, wenn ich bald die neue Arbeit anfange und wir wegziehen können."

Wohin es denn gehen solle, fragte die Vernehmerin mit den schwarzen Kulleraugen. „Ich werde München gehen", warf sich Eugen in die Brust. „Bin Maschinenbauingenieur, habe endlich Bescheid von einer Weltfirma dort. Ich werde als Diplomingenieur richtig Geld verdienen – und jetzt das hier…" der große Mann schüttelte sich, als könne er nicht glauben, was ihm und seiner Vanessa geschehen war.

In dem zu Eigentumswohnungen umgebauten Forsthaus seien er und Vanessa von einer fremden Frau empfangen worden, die sie sehr herzlich begrüßt und bewirtet habe. Sie sei auffallend modisch, elegant gekleidet gewesen. „Hat trotzdem ziemlich verlebt ausgesehen", meinte Igor. „Sie sprach gut russisch, kein besonders gutes Deutsch. Deshalb alles in Heimatsprache."

Warum sie mit ihnen spreche, erklärte die Frau einfach: „Borsody hat Schwierigkeiten mit bösen Landsleuten. Ihr müsst ihm und seiner Frau helfen." Dann habe sie ihm einen dicken Umschlag in die Hand gedrückt. „Der war wesentlich dicker, als ich sonst befördert habe."

„Vanessa bekam großes Lederetui mit Schmuck, ich Aktenköfferchen mit Geld. Damit und dem BMW sollten wir sofort nach Hause fahren und uns nie mehr in Frankfurt blicken lassen. Auto dürfte ich behalten, aber erst in einem halben Jahr ummelden. So lange sei Versicherung und Steuer bezahlt." Das alles gehöre zum Plan, hatte man ihm eingeschärft. „Ist auch Dank für gute Arbeit", hatte die Frau noch gesagt.

Natürlich hätten sie sich gewundert, räumte Eugen ein. Aber die Freude über den schönen Wagen, den großartigen Schmuck und das viele Geld habe ihr Misstrauen schließlich eingeschläfert. „Wir sind gefahren und haben uns gefreut", bekannte Eugen. „Sogar Gläschen Sekt haben wir unterwegs getrunken."

Zeitung hätten sie nicht gelesen, räumte der Deutschrusse auf Befragen ein. „Wir hatten genug zu tun letzte Zeit. Wohnungssuche in München, Möbel bestellen. Da muss man sich um viele Dinge kümmern." Die Beamten nickten.

Wenn das so war, und momentan waren die Angaben des großen Mannes, der voller Stolz von seinem Beruf sprach, stimmig und schlüssig, dann war ihm nichts vorzuwerfen. Weder Auto noch Geld oder Schmuck hatten demnach unredlich – oder wissentlich unredlich – den Weg in die Hände des Paares gefunden.

Es fehlte nur noch die Vernehmung von Vanessa. Die junge Frau konnte noch weniger sagen als ihr Verlobter. Aber sie lieferte eine etwas genauere Beschreibung der unbekannten Frau. An der war ihr besonders ein starkes Parfüm aufgefallen. Sie sei sehr hager gewesen und hätte ein furchiges Gesicht gehabt. „Mit Schminke – pfundweise."

Und der große Briefumschlag, erinnerte sie sich, sei jetzt bei ihnen im Schuppen hinter den Werkzeugen. Denn die Frau habe ihnen eingeschärft, den gut zu verstecken. Weil die „bösen Russen" den bestimmt suchen würden.

Unglaublich, wie naiv die Beiden seien, befand wenig später das Team um Peter Horn. „Was machen wir mit denen?" Am besten lasse man sie umgehend laufen, drücke ihnen das Fahrgeld nach Hause in die Hand. Dann könne man nur hoffen, dass die Geschichte in den einschlägigen Kreisen nicht zu viel Staub aufgewirbelt habe.

„Observierung rund um die Uhr kann nicht schaden", widersprach Klaus Wolf. „Nicht zuletzt im Interesse der Sicherheit unserer Naivchen. Es ist doch offensichtlich, dass uns jemand eine falsche Spur gelegt hat. Wir sollen abgelenkt werden, aber von wem?" Vielleicht käme man auf diese Weise sogar auch an die Hintermänner heran, gab Klaus Wolf weiter zu bedenken.

„Ohne Flachs", Peter Horn gab sich verwundert, „Du willst doch wohl nicht allen Ernstes sagen, dass wir eine faule Spur zu falschen Tätern auf dem Silbertablett serviert bekommen haben?" Horn rieb sich die Schläfen. „Das stinkt nach einem regelrechten Komplott. Als Auftakt zu einem beginnenden Bandenkrieg."

Klaus Wolf sah die Situation deutlicher als seine Kollegen. „Ihr seid komplett unbedarft, wenn Ihr glaubt, es wäre nicht geplant gewesen. Wir sollten diese Herzchen über kurz oder lang erwischen. Das war ein sorgfältig ausgearbeiteter Plan. Wir haben mit dem Auto gepennt. Die sollten uns schon viel früher in die Finger fallen. Glaubt mir, sie sind Teil eines Planes, als Opfer für uns präsentiert und in Lebensgefahr."

Horn wiegte den Kopf. „Kannst recht haben. Vielleicht sollten wir sie nach Traunstein fahren. In einem Zivilwagen zwar, aber mit Brimborium. Und als Begleiter schicken wir unsere Unzertrennlichen."

Widerspruch zu dieser Überlegung gab es im Team allenfalls zweistimmig. Aber der war eher nicht ernst gemeint. Petra Stein und Klaus Wolf machten sich reisefertig, nachdem Horn einen der nagelneuen Dreier BMW in ziviler Ausstattung angefordert hatte. Ihre „Überlebenspäckchen" für kurze Dienstreisen hatten die Unzertrennlichen, wie fast alle ihrer Kollegen, immer in den Spinden.

„Unterwegs könnt ihr den beiden ja genug von ihrer Situation erzählen, damit sie richtig Angst bekommen", gab Peter Horn seinem Team mit in den Einsatz. Dann machte er sich auf den Weg, sich bei Vanessa und Eugen zu entschuldigen. Vor allem auch, um ihnen die Heimreise im getarnten Dienstwagen schmackhaft zu machen.

Aber vorher würde er noch etwas Wichtiges erledigen. Horn wollte umgehend seine Kollegen in Traunstein ins Bild setzen. Sie sollten, sobald seine Unzertrennlichen mit dem Paar in deren Dienstbezirk kamen, unauffällig mit einer engmaschigen Observation beginnen. Wichtig würde später sein, wer Kontakt zu Eugen oder Vanessa aufnähme. Dem Leiter von ABaKo war mulmig. Dieser Fall wurde immer unübersichtlicher, je länger seine Leute daran arbeiteten.

📖

„Warum können wir nicht bis morgen warten und unsere beiden Naivchen erst in aller Frühe nach Traunstein befördern", murrte Klaus Wolf in Frankfurt, als er sich kurz vor Mittag auf den Weg zu dem Dreier BMW machte. „Mindestens viereinhalb Stunden – wenn nicht irgendwo ein Stau ist oder wir Zwischenfälle erleben", brummelte er weiter. „Mir knurrt der Magen und unterwegs können wir uns nichts Essbares besorgen."

Seine Arbeitsgefährtin begriff. „Mach Du den Wagen klar", bot sie an. „Ich kümmere mich in der Zwischenzeit um die Verpflegung. Eine halbe Stunde wird es dauern, mehr nicht." Petra Stein schaute auf ihre Uhr. „Bis zum Spätnachmittag schaffen wir es von hier bis Traunstein."

Wolfs Stimmung hob sich. Besonders als Petra ankündigte: „Wenn wir aus dem Rhein-Main-Gebiet raus sind, kann ich den größeren Teil der Hinfahrt übernehmen. Du bist dann erst wieder bei der Rückfahrt gefordert."

Dem Kommissar war diese Einteilung seiner Kollegin sehr recht. So hatte er die Chance, die Fahrt für ein Nickerchen zu nutzen. Oder ein Plauderstündchen mit ihrem „Transportauftrag". Denn das junge Paar wurde weder als Beschuldigte noch als Verdächtige eingestuft. Eher schon als Irrtum. Da waren strenge Aufsicht oder große Vorsicht überflüssig.

Aber erst einmal würde er, Klaus Wolf, den Wagen aus der Mainmetropole herausfahren. Um sicherzustellen, dass sie keine lästigen Anhängsel als Begleitung bekamen. Diese Aufgabe fiel routinemäßig ihm zu. Weil er als einer der Einsatzleiter SEK für diese Aufgabe geschult war. Speziell für das Abhängen von Verfolgern gibt es bei den Sondereinsatzkommandos eine besondere Ausbildung.

Vanessa und Eugen stiegen im Hof des Frankfurter Präsidiums schweigend in den grün-grauen BMW. Sie hatten in der Kantine ein nicht eben fantasievolles, aber reichliches und frühes Mittagessen bekommen. Polizeistandard eben. Vor allem ohne Alkohol. Jetzt lehnten sie sich satt und einigermaßen zufrieden in den Sitzen zurück. Sie beobachteten Klaus Wolf, der den Wagen geschickt und unauffällig aus der Trutzburg Polizeipräsidium mit ihren vielen Höfen auf einen offenen Parkplatz manövrierte.

Zwischen Wohnblocks hindurch ließ er den Wagen vorsichtig auf Fußwegen rollen, bevor er auf einen Parkplatz schräg gegenüber dem Rundbau des Hessischen Rundfunks an der Bertramstraße fuhr. Kurzes Verweilen, dann schoss der BMW auf die Bertramstraße, wobei das wütende Hupen eines von ihm zur Gewaltbremsung gezwungenen Opelfahrers Wolf nicht im Geringsten störte.

In den fließenden Verkehr auf der Adickesallee fädelte er sich ganz normal ein. Über die Frauensteinstraße ging es auf die Cronstettenstraße bis er schließlich über viele Nebenstraßen die Hansaallee, und endlich das Bahnhofsviertel erreichte.

Verwundert nahmen Vanessa und Eugen zur Kenntnis, dass der Beamte am Steuer widerspruchslos die Kommandos seiner Beifahrerin befolgte. Die Stein hatte den Innenspiegel mit einem kleinen Zusatzspiegel versehen und beobachtete den folgenden Verkehr.

Im Straßengewirr um den Bahnhof zog Wolf den Wagen mit abenteuerlichen Manövern durch das Flussviertel, um dann über die Alte Brücke nach Sachsenhausen zu fahren. An der Sachsenhäuser Warte bog er schließlich auf die Schnellstraße zur Autobahn ein.

Auf diesem Straßenstück definierte Wolf den Begriff Schnellstraße in seinem Sinne. Trotz der Warnung vor Geschwindigkeitsradar an den Straßenrändern ließ er den Pferdchen unter der Motorhaube die Zügel schießen und raste los.

Das hohe Tempo hielt der Kommissar beim Auffahren auf die Autobahnen bei. Mehrfach wechselte er Fahrspuren und Richtung, bis er schließlich auf die Autobahn 3 nach Würzburg einbog und hier mit vernünftiger Fahrweise die Nerven seiner Mitfahrer nicht mehr über Gebühr strapazierte.

Petra Stein atmete auf. „Daran werde ich mich nie gewöhnen", sagte sie. Ihr Kollege zuckte nur die Schultern und brummelte leise etwas vor sich hin. „Das war eben wohl keine Schmeichelei?" Fragte die Stein. Klaus Wolf ließ keine Reaktion merken. Tat so, als müsse er sich auf den Verkehr konzentrieren.

Es dauerte eine ganze Weile, bis das Paar im Fond des BMW begann, gesprächig zu werden. Sie wirkten verstört, konnten sich keinen Reim auf ihre Festnahme den schnellen Flug und nun die Rückfahrt machen. „Wir werden Euch alles erklären", versprach Petra Stein. Zu ihr hatte das Paar anscheinend Vertrauen gefasst. Klaus Wolf schienen die jungen Leute zu fürchten.

Eugen begann das Gespräch. Immer wieder stockend fragte er: „Was ist eigentlich passiert? Was haben wir Schlimmes gemacht? Wir haben doch nur Briefumschläge transportiert?"

Petra Stein nickte. „So sieht das für Euch aus. Ihr seid in einen Mordfall verwickelt, wie wir ihn auch nicht alle Tage sehen." Dann erklärte sie dem Paar, was im Frankfurter Westend vorgefallen war. Eugen schüttelte den Kopf: „Und wir haben völlig unwissend in dem Forsthaus den Briefumschlag in Empfang genommen …"

„Habt ihr Euch denn nie gefragt, warum Ihr so reich beschenkt worden seid, wenn ihr nur kleine Botenfahrten gemacht habt?" Mischte sich Klaus Wolf in das Gespräch. Das Paar schüttelte die Köpfe. „So was hat es bei uns nicht gegeben, wo ich unterrichtet habe", würgte Vanessa hervor. „Da wurde in der Pause mal ein Frühstücksbrot gestohlen. Aber das war schon alles."

Anders sah es Eugen: „In der DDR, in Jena, da ging schon etwas ab. Aber wir waren auf Respekt vor der Uniform gedrillt. Ich hab' sie ja auch getragen. Da durfte man nicht aufmucken. Was die Offiziere machten, danach zu fragen, hat keiner gewagt."

Als er schließlich in Jena studierte, war er stolz gewesen. Weil die Herren aus der Armee, vor denen er in seiner aktiven Zeit Höllenangst gehabt hatte, ihn jetzt mit Respekt behandelten, ihn einluden. Das tat seinem Ego gut.

Wolf hatte da eine Theorie. „Die haben diesen Gutgläubigen langfristig für sich aufgebaut. Ebenso wie andere. Einige müssen schon sehr früh gewusst haben, dass sich der Osten langsam auflöst". Seine Worte waren im Fond des BMW nicht zu verstehen.

Petra Stein nickte. „Die haben damals schon sehr gute Beziehungen in den Westen geknüpft. Vermutlich lief da schon was mit den westlichen Politikern. Es gab auch Ermittlungen. Aber die wurden von den Regierungen im Osten wie im Westen gleichermaßen unterlaufen."

Das war ein wunder Punkt bei der Polizei. Immer wieder wurden Ermittlungen, die in Richtung korrupter deutscher Politiker gingen, unterlaufen. Verdachtsmomente gab es in Hülle und Fülle. Aber kaum begann eine Ermittlungsgruppe denen nachzugehen, wurde sie politisch gestoppt. Da war es einerlei, welcher Fraktion der Politiker, egal in welcher Führungsebene, angehörte. In dieser Sache waren sich die Damen und Herren Volksvertreter jedweder Couleur einig. Immer.

Eugen und seine Verlobte plagten zu diesem Zeitpunkt ganz andere, für sie ebenso schwerwiegende Probleme. „Was wird mit unserer Zukunft" wollte die attraktive Frau wissen. Vanessa wolle, brachte Eugen vor, an seinem Arbeitsort versuchen, eine Anstellung als Lehrerin zu bekommen. Wenn jetzt diese Geschichte herauskomme, könne sie sich das abschminken. Nicht einmal in einer dörflichen Volkshochschule würde sie eine Chance bekommen.

„Was wird überhaupt aus meiner Arbeit", wurde dem großen Mann auf einmal klar. „Mein Job ist massiv gefährdet, wenn das hier alles bekannt wird." Das sah Klaus Wolf nicht viel anders. „Wir werden alles tun, diesen Vorfall geheim zu halten", kündigte er an. „Wir bekommen deswegen in Traunstein einige Probleme mit den Kollegen", sah er Bedenkliches voraus.

Umso erleichterter waren Wolf und die Stein, als sie mit ihren Schützlingen im dortigen Präsidium ankamen und auf einen älteren Kollegen trafen, mit dem sie schon einiges erlebt hatten. Er habe die Federführung in dieser Sache übernommen, sagte er zur Eröffnung. Um was es denn überhaupt gehe.

Wolf schlug vor, man solle am besten erst einmal die beiden jungen Leute versorgen. Eine freundliche Kollegin bot sich an, mit ihnen in einem der Besprechungszimmer einen Kaffee zu trinken und sich deren Probleme anzuhören. „Wir haben leider nicht viel Zeit", bedauerte Petra Stein. „Sonst würden wir gern heute Abend mit Dir noch einen trinken gehen."

Der bayerische Kollege zog ein langes Gesicht. „Der Fall, in den die beiden jungen Leute verwickelt sind, hat eine weit über Deutschland hinausgehende Dimension", murmelte Wolf. „Wir haben weder zeitlich noch in anderen Sachen irgendeinen Spielraum".

So kurz wie knapp setzte er den Kollegen ins Bild. Verschwieg allerdings die meisten Einzelheiten, die nicht direkt mit Eugen und Vanessa zu tun hatten. Was dem routinierten bayerischen Kollegen keinesfalls entging.

„Du musst nicht auf die Details eingehen", meinte er. „Aber, wenn ihr die in einem besonderen Zeugenschutz betreut haben wollt und das auch so schnell bekommt, hat der Fall eine wirklich große Dimension."

Seine beiden Frankfurter Kollegen konnten nur nicken. „Wir haben da was am Hals", murmelte Petra Stein, „da blickt noch keiner weiter als bis an den Tellerrand." Ihn werde das dann wohl nicht mehr beschäftigen, meinte der Bayer. Denn Anfang nächsten Jahres gehe er in den Ruhestand. Dann werde er sich nur noch seinen Fischen an den Stauwehren in der Weißen Traun bei Ruhpolding widmen.

Die Frankfurter Kollegen begannen gleichzeitig zu lachen. Nur zu gern erinnerten sie sich, wie ihre Bekanntschaft mit dem Bayern begonnen hatte. Damals waren immer wieder mal mehrere Kollegen mit der Bahn in ein Hotel in Ruhpolding zum gemeinsamen Entspannen gefahren. Sauna, lange Spaziergänge und viel bayerisches Bier zu gutem Essen waren an diesen Wochenenden die Hauptsache gewesen.

Bis eines warmen Herbstabends bei einem Spaziergang einem Kollegen die herrlichen Forellen im brodelnden und schäumenden Wasser vor einem Wehr aufgefallen waren. Das war ein Getümmel von Fischleibern im Wasser gewesen! Man brauchte nur reinspringen und zugreifen. Was nicht nur ein Kollege tat.

Mit etlichen prächtigen Forellen waren die Frankfurter Beamten in ihrem Hotel in Ruhpolding eingelaufen, wo der Grill schon angeheizt war. Eigentlich sollten saftige Steaks darauf landen. Doch jetzt schrubbten die hessischen Hüter von Recht und Ordnung mit Begeisterung ihre Beute und nahmen die Fische dann aus.

Dem Hotelbesitzer war das überhaupt nicht recht. „Ihr werdet gewaltig Ärger kriegen. Das ist Wilddieberei", murrte er. Die gut gelaunte nicht mehr sehr nüchterne Gesellschaft ließ sich nicht stören. Auch noch nicht, als wenig später gleich zwei Streifenwagen der Traunsteiner Polizei vorfuhren und sich, deren Besatzungen als ungebetene Gäste am Grill einfanden.

Besonders ein etwas wohlbeleibter Zivilist war sehr ergrimmt. Er redete viel und laut von „diebischem Pack", dessen Ausweise er nun umgehend zu sehen wünschte. Danach werde man die ganze Bande bei Wasser und Brot statt Forellen und Bier in einer Zelle im Präsidium unterbringen. Frühestens am Montag werde man dann weitersehen.

Mit betretenen Minen hatten die Frankfurter schließlich ihre Dienstausweise gezückt. Woraufhin ihre Traunsteiner Kollegen in brüllendes Gelächter ausbrachen. Der dickliche Zivilist gab sich als Kollege und: Pächter der Fischereirechte in diesem Abschnitt der wilden Weißen Traun zu erkennen.

Ihm gehörten die Forellen, erklärte er. Aber jetzt würden sie nicht mehr für alle reichen. Weshalb schleunigst zwei jüngere Beamte, die mit der weiteren Verfahrensweise vertraut zu sein schienen, mit hoteleigenen Eimern losgeschickt wurden, weitere Fische zu beschaffen.

„Ich stifte das Essen", hatte der Kollege kategorisch erklärt, „dann sorgt ihr Frankfurter Würstchen wenigstens für die Getränke." Was ausgiebig erfolgte und zu einer sehr langen, feuchten Nacht geführt hatte.

Das Trio hätte gern noch etwas länger, und vor allem nicht gar so trocken, in Erinnerungen geschwelgt. Doch jetzt galt es, so schnell wie möglich für das in den Fall geratene Paar einen akzeptablen Weg in ein normales Leben zu finden. „Dabei müssen sie unauffällig rund um die Uhr überwacht werden", stellte Wolf klar. „Denn es kann durchaus sein, dass mit ihnen Kontakt aufgenommen wird."

Im Führungsstab in Traunstein sah man es genauso. „Wir werden sie zunächst in einem Ferienhaus einquartieren", beschlossen die Beamten. „Aber bestimmt nicht hier, wo sie im Übergangsheim waren. Die machen Urlaub in einem viel besuchten Ferienort, um nicht gleich aufzufallen. Allerdings auch ohne den auffälligen Wagen. Zurück in das Heim dürfen sie nicht einmal mehr, um ihre Sachen zu holen. Das machen wir so unauffällig wie möglich. Wenn das denn geht."

Für den Wagen hatte der Traunsteiner Kollege eine Idee: „Wir haben einen Gebrauchtwagenhändler. Der ist für windige Geschäfte gut zu gebrauchen. Den lassen wir den Wagen als günstige Sicherstellung übernehmen und ins Ausland verkaufen. Da geht die Karre unter."

Petra Stein und Klaus Wolf brauche man dazu nicht, sie könnten ruhig zurück zu ihrer Dienststelle nach Frankfurt fahren. Den Rest werde man mit bajuwarischer Ruhe und dem Landeskriminalamt in München regeln. Bestimmte der Traunsteiner Kollege. Seine Stimme ließ keinen Widerspruch zu.

Einigermaßen beruhigt ob des weiteren Ablaufs ihres Besuchs in Bayern machten sich die Unzertrennlichen auf die Heimfahrt. Doch die Ruhe währte nicht lange. Als das Diensthandy klingelte, schwante Petra Stein Übles. Nicht zu Unrecht.

Aber es ging in eine andere Richtung, als sie erwartet hatte. Ihr Vorgesetzter Horn war dran. „Wir haben Probleme mit einem früheren Fall von Dir aus der Sitte", ließ er die Kollegin wissen. „Da ist komplett was schiefgelaufen. Die Akten sind weg."

„Kann ja wohl nicht angehen", reagierte die Stein erbost. Ihr Zorn auf so eine „Schlamperei" steigerte sich noch mehr als sie hörte, dass es um einen Fall ging, als sie beim Sittendezernat überregionale Fälle bearbeitet hatte. „Der Fall ist nach Darmstadt an die Sitte gegangen", erinnerte sie sich. Frankfurt habe dann aber wieder übernommen, weil außer Elbe 36 noch einige andere Bordelle der Mainmetropole betroffen waren. Dann sei alles sehr schnell gegangen, nachdem eine der Frauen aus der berüchtigten „Elbe 36" ausgepackt hatte und ins Zeugenschutzprogramm aufgenommen worden sei.

„Wir haben den Fall abgegeben und die Staatsanwaltschaft hat den Erhalt quittiert. Das war noch zu den legendären Papierzeiten." Der Fall sei komplett rund und zur Anklage fertig gewesen, erinnerte sich die immer wütender werdende Kommissarin noch. Peter Horn gab ihr Recht. „Aber dann ist der größte Teil der Akten weggekommen, als die Staatsanwaltschaft Darmstadt ihren viel zu engen Bau räumen und in einen etwas größeren in einem Industriegebiet ziehen musste. Angeblich gingen die Akten zurück zu uns ins Frankfurter Präsidium."

„Ach ja", dehnte Klaus Wolf, der mithörte. „Den Umzug haben doch damals die Freigänger vom Fritz-Bauer-Haus in Darmstadt-Eberstadt gemacht?" Horn wusste, auf was der Kommissar anspielte. „Natürlich", schnappte er, „weil das am billigsten war. Nicht jeder Knacki stiehlt doch gleich wieder, wenn er in den Freigang kommt."

„Sag mir einen, der dieser Versuchung widerstehen kann, wenn sich die Chance bietet, Akten der Staatsanwaltschaft verschwinden zu lassen", schlug jetzt Petra Stein in die gleiche Kerbe. „Was wir damals hatten, war ganz explosiver Stoff. Fast wie jetzt: Russen, Litauer, Türken und Mädchenhandel; ich erinnere mich noch gut. Um Waffen ging es dabei auch. Aber damals konnten wir mit den Waffen nichts beweisen."

Schließlich hatte sie Balsam für die geschundene Seele ihres Chefs: „Ich glaube, meine handschriftlichen Notizen sind noch da". Sie wisse auch „ungefähr" wo sie suchen müsse. Merkwürdig sei schon, vertraute sie Klaus Wolf an, dass diese Akte verschwunden sei.

Die Kommissarin wurde nachdenklich: „Wir sind damals auf mögliche Verbindungen zwischen Mädchen- und Waffenhandel mit Tschechien sowie Ungarn gestoßen. Es zeichnete sich schon früh ab, dass eventuell auch Russen ihre Finger im Spiel hatten. "

Was sie ihrem Chef nicht verriet: Damals waren in der Sitte von allen Ermittlungen sogenannte Duploakten angelegt worden. Als sie das mit leicht gehässiger Freude in der Stimme Klaus Wolf erzählte, meinte der: „Lass' Horn nicht schmoren. Sag ihm das mit der Akte und frage ihn gleich, warum wir plötzlich in deiner alten Sache gefragt werden. Uns gab es damals doch noch gar nicht."

Erst beim dritten Versuch war die Kommissarin erfolgreich und bekam ihren Chef ans Telefon. Dessen Erleichterung ob der noch vorhandenen Akten war fast mit

Händen zu greifen. Er sagte zu, die Suche nach ihren Duploakten umgehend im entsprechenden Kommissariat anzuleiern.

„Worum ging es in der Sache eigentlich?" Wolf war routiniert neugierig. Seine Kollegin überlegte kurz. Dann setzte sie ihn ins Bild. Es schien einer der berüchtigten Stein'schen Monologe zu werden.

„Der Mädchenhandel gleicht der neunköpfigen Hydra in der griechischen Sage. Schlagen wir einen Kopf ab, wachsen neun neue nach. Nur haben wir keinen Helden wie Herkules, der die Köpfe des Ungeheuers im Sumpf von Lerna bei Argos abschlägt und die Wunden mit Pechfackeln ausbrennt."

Ein besonders schlimmes Beispiel sei der damals von ihnen mit bearbeitete Fall im alten Kaiserbad Teplice, früher deutsch Bad Teplitz, gewesen. In den noblen Bädern und Hotels des Ortes in Tschechien tummelte sich ein Geld- und Schicki-Mikki-Adel, der „Lust und Entspannung" als einziges Lebensideal propagierte. Und das um jeden Preis. Einige der Spuren von dort hatten an den Main geführt.

Die Helfer der vergnügungssüchtigen Herren seien ebenso skrupellos wie diese und nur aufs Geld versessen gewesen. Mit den jungen Mädchen gingen sie völlig herzlos um. „Erst drohten sie ihren häufig minderjährigen Opfern die Beine zu brechen, dann vermittelten sie die schulpflichtigen Mädchen als „Penthouse Pets" an Staranwälte, Manager und Diplomaten. Einer der Lauschangriffe auf eine noble Begleitagentur in Frankfurt zeigte, wie die osteuropäischen Mädchen auch am Main in die Betten betuchter Herren geliefert wurden. Petra Stein schüttelte sich, als sie weitere Details erzählte.

Ein prominenter amerikanischer Anwalt sei so ein Beispiel gewesen. Tagsüber beklagte er bei einer Tagung zum Schutz der Frauen vor Prostitution in Frankfurt gegenüber Journalisten und Politikern das Unrecht dieser Welt. Abends ließen er und seine nicht minder prominenten Begleiter sich „ein paar Mädchen liefern". Seine Bedingung: „Die Nutten dürfen nicht älter als 17 Jahre sein."

Eines der Opfer war Lioba, Schülerin aus Litauen. Sie erkannte den „Verfechter von Menschenrechten der Frau", sprach ihn auf die Diskrepanz zwischen seinen Reden und seinem Tun an. Die Folge: Der prominente Verteidiger der Menschenrechte rief den Zuhälter des Mädchens. Dann sah er heiter grinsend, mit einem Glas Whisky in der Hand, zu, wie die hilflose 17-Jährige von den russischen Zuhältern bis zur Bewusstlosigkeit geprügelt und getreten wurde.

Man habe sie als hilflose Person mehr tot als lebendig während einer Streife in der Weserstraße gefunden, setzte Petra Stein den Bericht fort. „Wir brachten sie ins Krankenhaus. Eine der Schwestern war eine für einen anderen Fall eingeschleuste Kollegin. Das war gut. Die Verbrecher kamen sogar ins Krankenhaus, wollten Lioba dort entführen. Jetzt ist einer von den Kerlen tot, der andere weg." Die Stein zuckte die Schultern.

„Oder der Vertreter einer großen Wirtschaftsberaterfirma, weltweit angesehen", setzte sie fort. „Er rief die Escort-Vermittlung an, weil er eine ‚süße, kleine Stute' suchte. Um Spaß zu haben, und einfach mal hinzuklatschen', wie er es nannte."

Genauso schlimm sei der deutsche Professor von einer angesehenen Uni gewesen: Er meldete sich, weil er eine ‚Jungfrau' in Anwesenheit und mit Hilfe ihrer erfahrenen Schwester ‚richtig durchficken' wollte. 15 Jahre sollte sie alt sein. Höchstens. 4000 Dollar würde er dafür bezahlen ..."

Weil die Kunden der Mädchenhändler ausschließlich aus den besten Kreisen kamen, dozierte die Stein weiter, sei es sehr schwer gewesen, ihnen beizukommen. Eigentlich gar nicht. Das mache es auch so schwer, ihnen das Handwerk zu legen. Denn sie konnten sich in den meisten Fällen mit ihren politischen Beziehungen aus der Affäre ziehen.

Was noch mehr Sorgen machte: Die meisten Mädchen verschwanden nach einer gewissen Zeit spurlos. „Entweder sind sie zu alt, oder werden aufmüpfig. Dann werden sie einfach entsorgt", schloss die Beamtin ihren Vortrag. „Man merkt, wie engagiert du in der Sitte gearbeitet hast", lobt Klaus Wolf seine Kollegin.

„Warum eigentlich werden die alten Akten plötzlich gesucht?" Wollte die Stein bei einem zweiten Anruf in dieser Sache wissen, um Wolfs und die eigene Neugier zu stillen. Ihr Chef druckste herum. „Es ist mir am Telefon nicht sicher genug darüber zu reden", meinte er. Nur so viel: Es gibt eine Spur zu unserem Westend-Fall. Die scheint heiß zu sein."

Weitere Fragen hierzu brachten am Telefon nichts. Petra Stein wollte jetzt von ihrem Kollegen wissen, warum er eigentlich von Frankfurt nach Traunstein die nördliche Strecke über Würzburg und Nürnberg gewählt und sich von ihr abenteuerliche Wege durchs Frankfurter Bahnhofsviertel hatte lotsen lassen.

„Da konnte ich sicher sein, einen Kragen zu bemerken, wenn ich den gehabt hätte. Den abzuhängen wäre für mich auf dieser Route relativ einfach gewesen", tat der erfahrene Fahrer Wolf Wissen kund. „Denk mal weiter: Wenn die Verantwortlichen für den Westend-Mord wirklich hinter unseren Naivchen her sind, haben die mitbekommen, was in Traunstein los war. Im Verhältnis zu uns ist das nur ein Nest. Also haben die den Hubschrauber gesehen und konnten eins und eins zusammenzählen. Deshalb meine wilden Manöver und die ungewöhnliche Route."

Petra Stein sah das ein. „Trotzdem ist es bequemer, ab München auf der A 8 zu fahren. Auch mit dem gewöhnlichen Stau bei München und wenn es fast zwei Stunden länger dauert". Die Staus auf dem Münchner Ring hatten sie gerade hinter sich gebracht, als Klaus Wolf eine Pause vorschlug, um einen Kaffee zu trinken und dann die Plätze zu tauschen. „Ich will mich ein wenig ausruhen", bat er die Kollegin. „Die ganze Zeit …"

Seine Begleiterin nickte Einverständnis. „Gut, ich bin einigermaßen fit", meinte sie. Die Fahrt werde elend lang werden. Insgesamt würden sie zusammen mindestens zwölf Stunden auf der Piste sein. Dazu noch die Arbeit in Traunstein. „Das gibt Überstunden", meinte Wolf lakonisch. „Hilft aber nicht gegen die Müdigkeit."

📖

Kurz vor Mannheim griff sich Klaus Wolf das Diensthandy. „Reicht es, wenn wir morgen in Frankfurt einlaufen und den Wagen abgeben?" Wollte er vom Diensthabenden bei ABaKo wissen. Der raschelte eine ganze

Weile bedeutungsvoll mit Papier. Dann ließ er sich endlich zu einer Antwort herab. „Alles klar, es ist schon spät genug. Wo wollt ihr denn noch hin?" Klaus Wolf und auch Petra Stein war egal, was der Kollege dachte.

„Wir bleiben bei mir und essen noch was, ehe wir uns schlafen legen", sagte er, ohne die Stimme zu heben. Er konnte das Grinsen des Kollegen nicht sehen, als der schulterzuckend Zustimmung signalisierte. „Bis morgen", verabschiedete er sich. Wolf schaltete das Funkgerät ab.

Petra Stein verlor kein Wort, bis sie vor der Wohnung von Klaus Wolf hielten. „Zum Kochen ist es zu spät", stellte sie mit deutlichem Bedauern in der Stimme fest, „aber ich habe noch so einen leichten Hunger auf etwas richtig Deftiges."

Nach einem Blick auf die Uhr telefonierte Wolf von der Wohnung aus. „Es ist nicht weit", ließ er sich vergnügt vernehmen", „und das Schlachtfest ist noch nicht rum. Was hältst du von Rippchen, Kraut, fetten Würstchen, hausgemachtem Kartoffelbrei und ähnlichen verträumten Schweinereien?"

Statt einer Antwort legte die Stein ihren Kopf auf die Schulter ihres Kollegen, drückte sich an ihn. Arm in Arm schlenderten sie die Straße hinunter, an der Kirche vorbei und standen schließlich vor einer hell erleuchteten Gaststätte. Als sie die wenigen Stufen hinaufgestiegen waren, standen sie in einen Gastraum, der erfüllt war von Lachen und fröhlichen Gesprächen. Sie hatten sich noch nicht bis zur Theke vorgekämpft, da hielt ihnen der Wirt schon zwei frisch gezapfte Pils entgegen.

Obwohl es bereits spät war, herrschte vor den beheizten Rechauds mit den Speisen noch dichtes Gedränge. Klaus Wolf schien sich in Bescheidenheit üben zu wollen. Er griff sich nur Leber- und Blutwürstchen zu deftig riechendem Kraut und Kartoffelbrei. Seine Kollegin häufelte zu den Beilagen ein großes Rippchen und dann auch noch ein Paar Würstchen.

Als der erste Hunger gestillt war, sah sich Petra Stein um. „Fast nur Männer als Gäste", meinte sie. „Ist das hier immer so?" Wolf schüttelte den Kopf. „Die Familien sind schon heimgegangen. Jetzt tagt hier noch der harte Kern. Lokale Politiker, Sportler, Polizei, Staatsanwaltschaft", sagte er grinsend. „Die kennen dich hier noch nicht, deshalb warten sie erst mal ab, bis sich einer zu uns setzt. Vielleicht sind sie auch mal rücksichtsvoll und lassen mich in Frieden essen."

Nicht lange. Später trank man an der Theke gemeinsam mit anderen Gästen noch ein paar Bierchen. Aber die Unzertrennlichen verabschiedeten sich früh. Mit dem Argument Müdigkeit nach einer langen Dienstreise. Ob die bierseligen Kneipenbesucher das glaubten, war beiden egal.

📖

Das Wochenende verlief nicht überall so ruhig wie bei ABaKo. Als alle Beteiligten am Ende der Operation im zuständigen Frankfurter Drogenkommissariat K 64 den Einsatz analysierten, der an diesem Wochenende begonnen hatte, gab es nur ein Urteil: Das Einsatzteam hatte kläglich versagt. Es waren einfach der falsche Abend, der

falsche Ort und die bohrende Langeweile einer sich end-
los hinziehenden Observation gewesen. Es hätte nicht
passieren dürfen, aber Sicherungen waren durchge-
brannt.

Sicher, die Polizei in Gernsheim hatte eine hübsche
Menge Cannabis sichergestellt. Aber das war es nicht gewesen. Die übergeordneten Dienststellen hatten eigentlich etwas Anderes und mehr gewollt. Wesentlich mehr.
Doch die Chance war vertan.

Mangelnde Geduld mochte auch hinzugekommen
sein und schließlich zu dem Telefonanruf geführt haben.
Der brachte dem Polizeirevier in der finstersten südhes-
sischen Provinz einen unerwarteten Triumph. Der die Polizei in diesem verpennten Nest für einige Zeit in der Öffentlichkeit strahlend und erfolgreich dastehen ließ.

Aber die großen Drogenjäger einschließlich ABaKo
standen buchstäblich mit leeren Händen im Regen. Man
könnte auch sagen: wie das Kind beim Dreck. Und so
fühlten sie sich auch. Wichtige Spuren ins Drogenmilieu
des Rhein-Main-Gebietes waren zerstört. Vor allem die
Verbindungen nach Belgien und ins Ruhrgebiet nach Essen sowie Bochum aufzuklären, lag nun ferner denn je.

Es war einfach alles nur schiefgelaufen. Trotzdem:
Die uniformierten Kollegen konnten vor Freude über alle
Backen grinsen, einen unverdienten Erfolg auf ihre Fah-
nen schreiben.

Dabei hatten sie in der Schicht nicht einmal eine Polizistin in der Dienstgruppe gehabt! Sie mussten in der
Nachbarschaft, genau gesagt im Nachbarkreis, eine Kol-

legin anfordern, um die festgenommene Blondine durchsuchen zu können. Wobei die paar Krümel Haschisch, in deren Hosentasche nicht einmal ins Gewicht fielen.

Da waren die beiden Säcke mit je 20 Kilo Cannabis im Kofferraum schon von anderem Kaliber gewesen. Aber immer mit der Ruhe ... den Vorfall musste man einfach der Reihe nach aufarbeiten. Ruhmesblatt hin oder her.

Was da auf der mäßig beleuchteten Straße zur Rheinfähre in Gernsheim passiert war, konnte man nur als eine unrühmliche Mixtur aus Langeweile, Übereifer und Lässigkeit bezeichnen. Der richtige Reinfall kam bei Gericht, schon vor der Verhandlung.

„Ziemlich dürftig", befand die Vorsitzende Richterin der Strafkammer bei der ersten Sichtung der Akten. „Es wundert mich, wieso dieser Haufen Papier vom Staatsanwalt an mich weitergegeben wurde. Auf diese Makulatur lässt sich kein ordentliches Verfahren stützen. Die Akten gehen zurück. Es muss neu ermittelt werden."

Mit den abfälligen Bemerkungen war zum Ärger aller Drogeneinheiten das Beweismaterial gemeint. Auf das man so stolz gewesen war.

Begonnen hatte alles als Alltagsroutine. Der Tipp war bei der Festnahme eines kleinen Ganoven gekommen. Der sich mit windigen Geschäftchen mehr schlecht als recht den eigenen Schnee finanzierte. Als großer Kokainverkäufer konnte er nicht gelten.

Ausgerechnet, als er sich in der Darmstädter Hindenburgstraße eine schöne Portion gekauft hatte, um mit einem außerordentlich willigen Dämchen einen Skiausflug zu machen, schnappten ihn die Beamten. So kurz vor dem Ziel seiner meist unerfüllten Träume zog der verpickelte und frustrierte Niemand die Notbremse.

Lange genug in der Scene machte der Kleinganove ein Angebot. Von dem er nicht wirklich erwartet hatte, dass es von seinem Gegenüber akzeptiert würde.

Mit vor Erstaunen offenem Mund schluckte der Kleinkriminelle den Köder, als sein Angebot von dem Drogenfahnder dankend angenommen wurde. Dann diktierte er dem Beamten, dem er schon hin und wieder als Informant gedient hatte, sein Wissen in den Block.

„Schaut Euch mal auf dem Parkplatz eines Möbelhauses an der Autobahn zwischen Frankfurt und Wallau um. Da gehen die richtigen Geschäfte ab. Da geht's um Kilo und nicht nur Pfunde", hatte er dem Spezialisten vom Drogendezernat K 64 gesteckt.

Je länger er sprach, desto mehr Details rückte der kleine Strolch über Kokainhandel in großem Stil heraus. So auch, dass ein unauffälliger Dreier BMW eine wichtige Rolle spielte. Frisiert vom Motor bis zum Fahrwerk hatte er eine besondere Funktion.

„In dem iss nie Stoff", verriet der Ganove, „aber da sitzen die Wächter der großen Bosse drin. Die passen auf, dass deren sauer verdientes Geld nicht in falsche Kanäle versickert."

So blöd, sich mit Stoff erwischen zu lassen, seien diese Herren natürlich nicht, erfuhr der Beamte. „Als Kuriere dienen unauffällige Leute, die Geld brauchen. Die werden per Kleinanzeige oder aus dem zwielichtigen Bekanntenkreis der kleinen Tagediebe und Hartz-IV-Empfänger, die in den Parks und Kneipen herumlungern, angeheuert."

Diese Masche war sogar für die schon einiges gewohnten Beamten im Frankfurter Drogenkommissariat neu. „Klar", fand ihr Chef, „es gibt genug Leute, die sich schnell mal mit einer Kurierfahrt ein paar Euro verdienen wollen. Für die Hintermänner hat es den Vorteil, dass die Fahrer wirklich höchstens ahnen können, was sie befördern. Wenn es sie überhaupt interessiert."

Selbst die Namen der Hintermänner erfuhren die Kuriere nie. Die Spur zurück zur Quelle der Drogen musste sich zwangsläufig verlieren. Spätestens, wenn der Auftraggeber für die Anzeige gesucht wurde. Schmitts, Meiers, Müllers und Schulzes in allen Schreibweisen gibt es mit unauffälligen kleinen Autos genug.

Um nichts falsch zu machen oder gar die Spur zu verlieren, beobachteten wechselnde Teams von „Möbelkäufern" vor allem an den Wochenenden den Möbelmarkt und dessen Kunden. „Zum Wahnsinnigwerden", befanden die Beamten. „So viele Menschen, bei dem Gewusel kann man irgendwann nicht mehr klar denken."

Zum Glück für die Ermittler verfügte einer von ihnen über stoische Ruhe und ein blendendes Gedächtnis für Gesichter. Die Visage, die er hier erkannte, gehörte zu einem kurdischen Deutschen.

Den er schon häufiger in einschlägigen Lokalen gesehen hatte. Glücksspiel, Drogen, leichte Mädchen: Damit brachten die Ermittler ihn in Verbindung. Ohne ihm bisher etwas nachweisen zu können.

Für ABaKo gab es noch lange keinen Grund, sich näher mit ihm zu beschäftigen. Dort erfuhr man nicht einmal, dass an dem Möbelhaus ermittelt wurde. Denn die Spezialisten in Frankfurt waren hinter weitaus dickeren

Fischen her. Der ins Visier der Drogenfahnder geratene Deutsche gehörte zu einem Clan, der aus einem kleinen Nest im kurdischen Teil der Türkei stammte.

Ein Teil der Sippe war legal als Gastarbeiter in die Opelstadt gekommen. Später kamen andere Familienangehörige als Flüchtlinge über Syrien nach Deutschland, hatten schnell Wohnungen ergattert, lebten als Verfolgte des syrischen Regimes mit Flüchtlingsstatus und Sozialhilfe in der Industriemetropole am Main. Hier übernahmen sie schnell die einschlägigen Bars und Geschäfte, schwangen sich zu Herrschern über Drogenhandel und leichte Mädchen auf. Die Familien wurden reich. Wie gut betucht sie wirklich waren, verbargen sie sorgfältig.

📖

Andere Beamte übernahmen die aktuelle Überwachung vor dem Möbelhaus. „Wir wollen ja nicht, dass ich erkannt werde", hatte der Gedächtnisreiche erklärt. „Der Typ scheint mir sowieso mit allen Wassern gewaschen. So wie ich ihn hat er garantiert auch mich erkannt, wenn ich ihm voll ins Gesichtsfeld gelaufen bin." Was man nicht genau wusste.

Bis hierher war den Beamten das Glück hold. Der ins Visier Geratene hatte nichts bemerkt. Voller Freude beobachteten die wechselnden Observationsteams, dass er zwar mit mehreren Handys abwechselnd, aber häufiger mit einem besonderen dritten Gerät telefonierte.

Auf einem heimlich geschossenen Foto war es erstklassig zu erkennen. Dies Gerät, nur in wenigen Shops zu erhalten, sollte die Beamten zu dem Mann führen.

Was es auch tat. Denn genau diesen Typ des Geräts, ausschließlich bei einem Anbieter im Programm, gab's nur mit Vertrag. Darum war es dank eingebautem GPS leicht verfolgbar.

Nachdem die Kripo über sämtliche erdenklichen Umwege vom Importeur über den Vertreiber an den Verkäufer und damit an den Namen des Kunden, dessen Vertrag und damit an die Daten des Gerätes gekommen war.

Dabei hatte die Justiz für einen großen Teil der Schwierigkeiten selbst gesorgt. Denn die Überwachung durfte erst anlaufen, nachdem ein Richter sie verfügt hatte.

Die zuständige Amtsrichterin zickte. „Der Mann ist unbescholten. Der hat nicht eine Verurteilung", mäkelte sie, als die Beamten bei ihr im Büro saßen. „Was Sie hier vortragen, reicht mir nicht", kritisierte sie. „Dass der gern in einschlägigen Bars herumhängt, kann man ihm nicht gerichtsrelevant vorwerfen. Wenn sonst nichts vorliegt."

Als die Beamten schon wie die begossenen Pudel abziehen wollten, hatte einer die alles verändernde, die zündende, Idee: „Es besteht der vage Verdacht", sagte er ganz nebenbei, „dass mit dem hier verdienten Geld eine Zelle der Taliban in Deutschland unterstützt wird. Jedenfalls hat unser Staatsschutz konspirative Treffen dieses Mannes mit mehreren einschlägig bekannten Terrorverdächtigen in einer Frankfurter Moschee observiert."

Das ändere natürlich alles, befand die plötzlich hellwache Richterin. Ohne lange zu zögern, wurden die Observation, die Telefonüberwachung die GPS-Ortung genehmigt. Für zunächst drei Monate. „Das muss reichen", befand die Robenträgerin.

„Danach will ich hören, was dabei bis dann herausgekommen ist und wie es weitergeht."

Genau das wollte der Chef von K 64 auch. „Seid Ihr eigentlich von allen guten Geistern verlassen, so eine Behauptung in die Welt zu setzen, nur um eine Ortung zu kriegen?", murrte er, als seine Leute bei ihm „vortanzen" mussten. Der leitende Beamte war sichtlich erbost.

„Ist schon alles geregelt", beruhigte sein findiger Ermittler. „Mein Freund von den Staatsschützern weiß Bescheid. Wenn Sie den fragen, schwört er: Unser deutscher Kurde ist ein Taliban." Der leitende Beamte zuckte ergeben die Schultern.

„Baut keinen weiteren Mist", gab er seinen Mitarbeitern als Mahnung mit auf den Weg, „ich habe keine Lust, für Euch meinen bequemen Sessel zu riskieren."

Das wollten auch seine Kollegen nicht. Denn er war ein guter Chef. Weil er seine Leute bei den Ermittlungen in Frieden ließ. Wenigstens so lange bis es nicht zu vermeiden war, einzugreifen.

Doch meist hatten beide Seiten mit der Methode der „ruhigen Hand" Erfolg. Bisher hatte das K 64 seine Fälle immer unter Dach gebracht, sprich: die Verdächtigen vor den Richter und dann ins Gefängnis.

📖

In diesem Fall sahen sich die Beamten gezwungen, eine Rund-um-die-Uhr-Überwachung zu organisieren. Was mit einem enormen Personalaufwand verbunden war. Wozu Kollegen eingesetzt werden mussten, die entweder von anderen Aufgaben abgezogen oder aus der

Freizeit geholt werden mussten. Bei beidem war böses Blut vorprogrammiert.

Einen für ihre Verhältnisse einfachen Job hatten die Beamten, die letztendlich einer Blondine aus dem Umfeld der Drogenszene eines Frankfurter Supermarktes als „Kragen" zugedacht waren. Die Frau war eigentlich mehr zufällig bei einem Möbelkauf in die Sache hineingeraten. Als größtes Problem des Teams erwies sich, nicht von der Dame erwischt zu werden. Denn die Frau lebte ziemlich regelmäßig.

Zwei Mal in der Woche kaufte sie im Supermarkt ihrer Heimatgemeinde Lebensmittel und Rotkäppchen Sekt. „Die Marke der einfachen Frau", murmelte der junge Beamte, der mit einer älteren Kollegin gemeinsam einen Nachmittag in einer der „Rostlauben" des Präsidiums totschlug. Diese Uralt-Autos hatten sich schon oft als ideal für solche Aktionen erwiesen.

Jetzt saß ein sich langweilendes Ermittlerpaar in so einem Wagen. Sie starrten desinteressiert auf die Blondine, die sich mit einem hoch bepackten Einkaufswagen aus dem Supermarkt zu ihrem Kleinwagen italienischer Machart kämpfte.

Plötzlich wurden beide hellwach. Ein Mann schlenderte „unauffällig" über den Parkplatz auf die Frau zu, half ihr beim Umladen der Lebensmittel, wobei die Blondine ihn anstrahlte. „Ob ihre Haare wohl echt sind?", fragte der junge Kripomann. Seine Kollegin wiegte nur zweifelnd den Kopf.

Dann zückte sie ihr Notizbuch, trug die Beobachtungen ein. Ihr Kollege machte mit einer unauffälligen Digitalkamera ein paar Schnappschüsse. Die Beamtin schlenderte gelangweilt in Richtung auf einen Verkaufswagen mit Brathähnchenhälften und Pommes frites. Dabei kam sie an dem italienischen Kleinwagen mit dem schwer beschäftigten Paar vorbei.

Die Hoffnung, etwas von dem hier geführten munteren Gespräch aufschnappen zu können, täuschte sie nicht. Es schien aber nicht um Dinge zu gehen, auf die die Freunde und Helfer scharf waren.

Der Gentleman schien nun seine weitergehende Hilfe anzubieten. „Ich helfe auch gern beim Ausräumen des Wagens", schäkerte er. „Wenn ich dafür zu einem Schluck …" er deutete auf die „Rotkäppchen".

Verblüfft registrierte die Beamtin, dass dies Angebot mit einem strahlenden Lächeln quittiert wurde. Es fiel offensichtlich auf fruchtbaren Boden. Der Mann deutete auf den Supermarkteingang, legte die linke Hand auf die Brust, machte mit der rechten ein eindeutiges Zeichen.

Die Blondine prustete los, winkte halb drohend, halb scherzend. Schnellen Schrittes entschwand der Mann in Richtung Supermarkt. Gemächlich räumte sie weiter ihren Wagen ein, ließ aber den Beifahrersitz frei. Eilig schien sie es nicht zu haben.

Es dauerte länger, bis der Fremde wieder zu dem Kleinwagen kam. Er schleppte eine Tragetasche, in der sich mehrere Flaschen zu befinden schienen. Als er an der Fahrerseite des Autos stand, zeigte er eine Flasche. „Champagner", war die Polizistin verblüfft. „Der hat nicht mal einen schlechten Geschmack."

Der solchermaßen Gelobte, hievte die Tragetasche durchs Fenster und vorsichtig auf den Schoß der Dame.

Dann umrundete er den Wagen. Bevor er einstieg, sah er sich um.

Was die Beamten ebenfalls taten. Es schien, ihre Observation werde doch noch ein Erfolg werden. Denn sie erhaschten einen Blick auf einen Audi, auf dessen Fahrersitz gerade ein junger Mann mit pechschwarzem Lockenschopf rutschte.

Für die Beobachter sah es aus, als habe der vom Beifahrersitz aus die Anmache beobachtet, und werde nun dem Paar folgen. So was in der Richtung hatten sich die Kripoleute schon gedacht.

Denn der Galan ihrer Blondine war sicherlich nicht einfach vom Himmel gefallen. Irgendwie musste er vor den Supermarkt gekommen sein.

Als der Audi drei Wagen hinter dem Kleinwagen in die Ausfahrt einbog, gelang diesmal der Kripobeamtin ein Schnappschuss. Sie bekam ein prächtiges Profil des Lockenkopfes. Während ihr fahrender Kollege in das Freisprechmikrofon ihres Handys sprach, sah sie sich das Bild an. „Den Kerl müsste ich schon mal gesehen haben – oder er hat ein südländisches Allerweltsgesicht", meinte die Beamtin.

„Wir werden gleich durchgewechselt", verkündete ihr Kollege. „Wir sollen sofort ins Präsidium zum Drogenkommissariat, von da zu ABaKo und unsere Ergebnisse vorlegen. Es hat scheinbar eine neue Entwicklung gegeben. Die machen mal wieder ein Geheimnis daraus. Scheint aber mit unserer Observation zu tun zu haben."

Nachdem der italienische Kleinwagen einen am Straßenrand parkenden schmutzig-weißen Renault überholt hatte, bog das Observationsteam nach links ab. Scheinbar, ohne sich um etwas zu kümmern.

Den Routiniers in der Rostlaube war allerdings nicht entgangen, dass der Audifahrer mehrfach in den Rückspiegel gesehen und sie beide kritisch gemustert hatte. Obwohl sie immer mindestens einen Pkw zwischen sich und dem Verfolgten gelassen hatten.

„Wenn das nicht eine ganz wichtige Sache für unsere feindlichen Indianer ist, dann soll es mich wundern", meinte die Kollegin zu ihrem jungen Fahrer. „Der Galan ist ein Routinier, der Deckvogel im Audi ebenfalls. Da braut sich was Dickes zusammen."

Ohne zu zögern, nahm sie ihrem Kollegen die Freisprecheinrichtung ab, rief das Präsidium an. Schnörkellos, ohne Umschweife schilderte sie auf dem abhörsicheren Kanal die gemeinsamen Beobachtungen, äußerte ihre Vermutungen und kündigte die Fotos an.

Ihr Gespräch wurde jäh unterbrochen. Der Kollege aus dem schmutzigen Renault meldete sich. „Ich brauche Verstärkung", meldete er der Leitstelle über Funk. „Entweder haben die Lunte gerochen. Oder sie sind schlau und fahren ein Abhängemanöver."

Was der Einsatzleiter anwies, war ein Risiko. Nicht viele Kollegen hätten diese Verlustmöglichkeit bei einer so riskanten Unternehmung auf sich genommen, in dieser Phase so zu entscheiden gewagt. „Hier Einsatzleitung", meldete er sich im Funk, „Observation abbrechen. Ich wiederhole: Observation abbrechen." Der Funk schwieg.

Mit dem Handy wies der Einsatzleiter einen der zivilen Streifenwagen an, die inzwischen über die Halterfeststellung des Pkw bekannte Wohnung der Blondine anzufahren. Und sich unauffällig in der Nähe des Eingangs zu platzieren. „Mit unauffällig meine ich wirklich unauffällig", betonte er.

„Wir haben den Audi", meldete jetzt ein Team der Schutzpolizei von einer Verkehrskontrolle. „Der hat gerade eine rote Ampel überfahren. Wir haben ihn geknipst. Sollen wir ihn anhalten und mit der Übertretung konfrontieren?"

„Moment warten", reagierte die Leitstelle. Knisternd meldete sich der Funk. „Wenn das Bild eindeutig ist, holt ihn Euch", wies der Beamte zunächst an. Doch umgehend korrigierte er: „Nee, ABaKo sagt besser nicht. Lasst den mal laufen, wir können das noch später machen. Wir müssen wissen, wie sich die Sache mit dem Kleinwagen weiterentwickelt."

Da sah erst einmal alles nach Routine und Alltag aus. Der Kleinwagen parkte – verbotswidrig – vor dem Hauseingang der Frau. Das Paar begann auszuräumen und schleppte sich mit dem Großeinkauf ab. Als Erstes allerdings wurde die pralle Tasche mit dem Flüssigen ins Haus geschafft.

Interessanter war, was die Beamten an dem Audi beobachteten. Sein Fahrer parkte – ganz vorschriftsmäßig – in einer weiter entfernten Parklücke. Er schlenderte den Gehsteig hinauf und klingelte an einer Haustür, genau gegenüber der Blondine.

Deutlich erkannten die Polizisten, dass mit der Klingel ein Signal gegeben wurde. Im Morsealphabet notierte sich der Beifahrer des zivilen Streifenwagens die Signalfolge.

Das könnte von Bedeutung werden, meinte er, falls man die Wohnung stürmen müsste. Denn dann spare man sich, mindestens zwei Türen aufzubrechen.

Zwischen drittem und viertem Stock tauchte der schwarze Lockenkopf zum letzten Mal an einem Flurfenster auf. „Unser Zielobjekt will in den vierten Stock", schlossen die Beamten. Was sie so umgehend wie pflichtgemäß weitermeldeten.

„Aber wir sollten hier vielleicht besser verschwinden", schlugen sie dem Führungsbeamten über Funk vor. „Denn es gibt in den rechts vom Eingang gelegenen Wohnungen ein Zimmerfenster, von dem aus wir gesehen werden können. Und zwei Männer in einem Auto, die nur rumsitzen und warten, fallen in dieser Gegend auf. Hier kennt man sich mit schnellem Besitzwechsel aus."

„Verschwindet aus der Parklücke und dreht eine Runde", wurde von der Leitstelle angewiesen. „Wir werden die beiden Häuser nicht aus den Augen lassen. Eure Ablösung ist schon unterwegs. Kommt ins Präsidium."

Kaum dort angekommen wurden die beiden Beamten zum K 64 und von dort zu ABaKo geschickt. Anhand ihrer Beobachtungen und der Bilder gelang es, die Beobachteten zuzuordnen.

„Unsere Blondie ist eine kleine Konsumentin, die sich hin und wieder ihr Hartz IV aufbessert. Aber weniger mit dealen als mit einer anderen Tätigkeit, die man meist im Horizontalen erledigt", wusste Petra Stein aus ihren Einsätzen bei der Sitte.

Hätten die Ordnungshüter später einen Blick in die Wohnung von Blondie werfen können, hätte sich diese

Einschätzung bestätigt. Ordentlich, wie sie war, hatte die Frau zunächst mithilfe ihres Galans die Einkäufe verstaut. Später wolle man sich den bis dahin gut gekühlten Flaschen widmen, ließ sie den neuen Freund wissen.

Allerdings schlug die Dame vor, werde sie erst einmal duschen. Denn von der Schlepperei sei ihr gehörig heiß geworden. Das fand ihr neuer Galan außerordentlich charmant und stimulierend. Wenn er eine Bitte äußern dürfte, murmelte er, werde auch er sich eine Dusche gönnen wollen. Wozu er ebenso herzlich wie eindeutig-anregend eingeladen wurde. Was zu ausführlichen Wasserspielen führte.

Nicht nur die inzwischen in der ganzen Umgebung in Stellung gegangenen Observationsteams langweilten sich deshalb gehörig. Auch der schwarze Lockenkopf schien ungeduldig zu werden. Mehrfach kam er aus dem gegenüberliegenden Haus, umrundete das von Blondie bewohnte Gebäude. Doch es tat sich nichts. Zumindest nichts, was nach außen drang.

Beide Beobachtungsteams richteten sich also auf längeres Warten ein. Es dauerte in der Tat lange bis nach Mitternacht, ehe der Gentleman aus dem Haus der Blondine kam. Sichtlich abgekämpft schleppte er sich die Straße entlang. Nicht ohne noch einmal zum Fenster zurückzuwinken.

Der Schwarzgelockte schien genau zu wissen, wohin der andere wollte. Er kam eilig aus dem Haus gegenüber gestürzt und rannte zu seinem Audi. Mit aufheulendem Motor startete er.

In Höhe des abgekämpften Galans fuhr er diesen fast über den Haufen, als er den Audi auf den Bürgersteig zog. Der Erschrockene sprang zur Seite und dann in den Wagen. Beide rasten davon.

Ihr Ziel war ein türkisches Nachtcafé in Darmstadt. Dorthinein konnten ihnen die Verfolgungsteams nicht folgen. Als Deutsche wären sie hier als Fremdkörper nicht nur aufgefallen. Sondern ebenso unfreundlich, wie schnell und handgreiflich, an die Luft gesetzt worden.

Das hatten schon mehrfach unternehmungslustige Deutsche erleben müssen, die gemeint hatten, man könne jedes öffentliche Café besuchen. Die hier verkehrenden Männer vom Bosporus hatten ihnen ebenso schnell wie handgreiflich und nachhaltig das Gegenteil klargemacht. Seitdem blieben diese Herren in ihrem Treffpunkt von Deutschen weitgehend unbehelligt.

Selbst wenn das Observationsteam umgehend in das Café gestürmt wäre, hätten die Beamten von den Insassen des Audi nichts mehr zu sehen bekommen. Nach einem kurzen Gruß waren sie durch eine von einem Vorhang verdeckte Tür verschwunden.

📖

Nicht gerade leise polterten die Neuankömmlinge eine steile Holzstiege hinunter, um in dem fensterlosen Gelass unter dem Schankraum eine Gruppe draufgängerisch aussehender Landsleute zu treffen. Mehrere erwartungsvolle Gesichter wandten sich ihnen zu.

„Du siehst kaputt aus", empfing den Galan vorsichtige Kritik. „Dabei hast Du doch den leichtesten Teil ..." der Getadelte winkte ab. „Diese Frau ist ein Vulkan.

Nach ein paar Gläsern Schampus und einem Joint nicht mehr zu bremsen. Die hat mich fix und alle gemacht."

Man widmete sich Wichtigerem. „Wird sie für uns die größeren Fuhren machen? Ist sie zuverlässig?", wollten die Türken wissen. Der Erschöpfte nickte. „Mit Sicherheit. Aber ganz billig wird das nicht werden. Allein der Schampus heute ist ganz schön ins Geld gegangen."

„Gehört zu unserer Taktik", erklärte einer der Männer. „Wenn die weiter so guten Stoff trinken und auch noch guten rauchen will, muss sie etwas für Dich tun. Das kannst Du ihr beim nächsten Besuch unbedingt stecken."

„Oder erst dem Übernächsten. Ich will erst ihr Vertrauen", sagte der nicht zum ersten Mal als Galan und Lockvogel arbeitende Mann. „Wir müssen ihrer absolut sicher sein, ehe sie größere Mengen Stoff transportieren kann."

Reihum nickten die Köpfe. „Mach es, wie Du es für richtig hältst. Aber wir haben mengenweise Stoff, haufenweise Kunden und keine Kuriere. Eine schlechte Situation. Der Stoff muss unter die Leute."

Klar, das wussten sie alle. Nur der Haken war, verlässliche Kuriere zu finden war schwer. Sehr schwer. Viele waren in letzter Zeit ausgefallen. Weil die Polizei immer pfiffiger wurde, ihre Schliche immer schneller durchschaute.

Außerdem hatte man dies und dass über eine Konkurrenzorganisation aus Russland und den USA mitbekommen, die das Geschäft mit Drogen und Mädchen unter sich aufteilen wollte. Für Fremde, egal wie lange sie schon im Geschäft waren, gab es da keinen Platz.

Weshalb die etablierten Dealer nun an zwei Fronten kämpfen mussten. Eigentlich sogar drei. Einmal, wie gewohnt, gegen die Polizei, zum anderen gegen die gewalttätigen Neueinsteiger im etablierten Markt. Und sogar gegen die eigenen Lieferanten, die immer geringere Verdienstspannen einräumten, mehr Geld für sich forderten. Wobei das eigene Risiko an der Straßenfront immer größer wurde.

Selbst die, sonst für jeden Krümel Stoff aus dem die Träume sind, zufriedenen, Kunden wurden aufmüpfig. Sie zahlen keinesfalls mehr wie gewohnt jeden Preis. Sondern verwiesen auf andere „Anbieter, die es billiger machen – und sogar nach Hause liefern. Wie beim Pizzakauf." Ohne dass man selbst das Risiko eingehen musste, beim Transport erwischt zu werden. Das Geschäft begann immer freudloser zu werden.

Jetzt durfte man keinesfalls Fehler machen. Sonst hätte man riesige Verluste zu erwarten. Das ganze Geschäft stand auf dem Spiel. Immer deutlicher wurde der Einfluss der neuen Herren. Ihre Lieferanten, die für die Männer in dem Keller der Darmstädter Bar kein Gesicht hatten, machten sich schon Sorgen. Große Sorgen. Trotzdem sorgten sie noch dafür, dass sie finanziell nicht darben mussten. Auch wenn sie nicht in der oberen Liga mit Kokain oder Heroin, sondern eher in den Niederungen von Cannabis und Haschisch wirkten.

Ausgerechnet jetzt stand an, größere Mengen Haschisch ebenso wie Cannabis an die Dealer der mittleren Ebene zu bringen, die sie den Straßenverkäufern übergeben sollten. Der Ruf der Gang als zuverlässiger Lieferant drohte in die Binsen zu gehen, wenn nicht endlich wieder regelmäßig größere Mengen den Weg auf die Straße fänden.

Auch die Drogenfahnder hatten mit Problemen zu kämpfen. Neben allen anderen Aufgaben musste das K 64 jetzt auch noch die schier endlose Observation der Blondine organisieren, weil ABaKo völlig überlastet war. Was Überstunden bedeutete. Die zwar alle notiert, aber nie abgerechnet werden würden.

ABaKo musste, des Westendfalls wegen, den Drogenhandel zwischen Ruhrgebiet, Belgien und Rhein-Main erst einmal aus den Augen lassen. Allerdings behielt man sich vor, von K 64 auf dem Laufenden gehalten zu werden.

Glück war für die Männer des K 64, dass es den Dealern außerordentlich pressierte, ihre großen Mengen Stoff auf die Straße zu bringen. Ihr Liefergebiet erstreckte sich über zwei Bundesländer, getrennt durch einen großen Strom, den Rhein. Mit nur zwei Brücken im Abstand von rund 60 Stromkilometern und mehreren altmodischen Fähren, um ihn zu kreuzen. Die nachts nicht einmal fuhren. Wollte man in dieser Zeit den Strom überqueren, musste man bis Mainz oder Worms fahren, um von Hessen nach Rheinland-Pfalz oder umgekehrt zu gelangen.

Blondie als Kurier – das musste in dieser Situation ganz geschickt eingefädelt werden. Sie selbst durfte am wenigsten merken, dass sie als Kurier und Lockvogel benutzt wurde. Alles andere wäre höchst gefährlich, war den Großhändlern klar. Aber, wie gesagt, das durfte sie nicht wissen. Ihr wurde die große Liebe vorgegaukelt.

Seltsam kam es den beobachtenden Beamten schon vor, dass der neue Galan fast jeden Abend bei Blondie auftauchte. Man fuhr spazieren, bummelte am Ufer des Stromes oder besuchte behagliche Gasthäuser an seinen Ufern. Es schien, als gebe es hier wirklich große Liebe und keinen Deal. Aber die Beamten konnten warten.

Inzwischen waren auch einige Hintergründe aufgedeckt. Die ins Fadenkreuz der Ermittler geratenen Türken würden wohl nie in die Führungsebene der Gang aufsteigen. Sie waren eher im mittleren Management angesiedelt, wollte man es in der Sprache der Wirtschaft formulieren. Ihr „Brot und Butter Geschäft" war der Cannabis. Bei Kokain waren sie gerade dabei, die Spielregeln der Großen zu lernen. Die gingen relativ einfach, wurden aber penibel überwacht. Verstöße zogen sofort harte Sanktionen nach sich. Ohne Rücksicht auf Verluste.

Für diese Deals bekamen die Großhändler der mittleren Ebene eine Menge X an Kokain, mussten sie in mehrere Mengen Y teilen und dann an ihre „Läufer" weitergeben. Die wiederum waren für ihre eigenen Straßenhändler selbst zuständig.

Diese waren für den Vertrieb an die Endkunden verantwortlich. Nachdem die den Grundstoff zum x-ten Male verschnitten hatten. Beim Konsumenten landete so Stoff, der von der Organisation vorgegebenen Qualitätsstufen entsprach. Auf keinen Fall aber als „minderwertig" anzusehen war. Auf jeden Fall war für die Konsumenten gleichbleibende relativ hohe Qualität garantiert.

Für diese Art des Handels gab es feste Routinen. Die von den großen Bossen festgelegt worden waren. Von denen auf keinen Fall abgewichen werden durfte.

Jeder der Straßenhändler erwartete deshalb an einem abgesprochenen Tag den Anruf seines Lieferanten. Der ihm eine öffentliche Toilette nannte, in der es Papierhandtücher gab.

Dort legte der Straßenhändler die Summe Geld ab, für die er zuvor Ware verkauft hatte und nun neue bestellen wollte. Immer im oberen Drittel des Handtuchvorrates deponierte er das Bare.

Dann verschwand er sofort, ohne sich um das Weitere zu kümmern. Es war aber anzunehmen, dass umgehend die oft sehr hohen Summen von einem Kurier abgeholt würden.

Drei Tage später, höchstens vier, bekam der Straßenhändler mehrere dicke Briefe mit gefüttertem Umschlag, wie man sie für den Versand von CD benutzt. Nur waren in diesen Umschlägen, die offensichtlich von bekannten Versandhäusern kamen, keine Handelswaren üblicher Art. Sondern in mehrere mehrfach gefaltete luftdichte Folientüten verpacktes Kokain.

Die eigentliche Arbeit des Händlers begann jetzt. Er teilte die Menge des gelieferten Kokains mithilfe einer hochempfindlichen Digitalwaage in Grammportionen auf.

Dazu kippte er exakt 28,3 Gramm des an ihn gelieferten 40-prozentigen Kokains in einen Mörser, füllte das mit 25 Gramm reinem Milchzucker auf und erhielt so 20-prozentiges Kokain. Davon füllte der Dealer jeweils exakt ein Gramm in aus festem Papier gefaltete Tütchen. Die so entstandenen 50 Portionen waren schnell fertig für den Handel.

Für den es ebenfalls feste Regeln gab. „Wir legen keinen Wert darauf, unsere Leute zu verlieren", war oberstes Gebot der Drogenbosse. Deshalb setzte man voraus, dass jeder Dealer seinen Kunden genau kannte, bevor er seinen Kopf mit einem Verkauf aufs Spiel setzte. Grundsätzlich verboten war, an jemand zu liefern, der gerade erst mit Drogen in die Hände der Polizei geraten war.

Was jedem der Grammhändler gleich zu Anfang klargemacht wurde: Jeder von ihnen bekam für seine Dienste gutes Geld und ausreichend Stoff für den eigenen Bedarf. Aber wehe, wenn „Spielchen" mit der Handelsware getrieben wurden. Das war gnadenlos tödlich.

Beispiele wurden schnell bekannt gemacht und so hütete sich jeder der Grammdealer, selbstgestreckte Ware an den Mann zu bringen. Weshalb der Stoff von ihnen immer von gleichbleibend hoher Qualität war. Höher als es bei den meisten anderen Kleinhändlern der Fall war. Die schon mal ihren Stoff streckten, wenn wenig Kokain auf dem Markt war. Oder einfach auf eigene Faust die Preise erhöhten.

Den Endkunden war das egal. Fast egal. Denn solange sie nur pünktlich beliefert wurden, gefahrlos an ihre Drogen kamen, war ihnen das lieber, als ein hohes Risiko einzugehen. Weshalb einfach niemand aufmuckte. Selbst dann, wenn der Stoff mal knapp wurde.

Inzwischen aber stimmte die ganze Richtung nicht mehr. Das wohlausbalancierte Gleichgewicht zwischen Dealern aller Ebenen und Endverbrauchern kam ins Wanken. Neue Händler waren aufgetaucht, die hin und wieder ihre festen Preise unterboten. Das aber war außerordentlich ärgerlich. Zumal der Stoff der Neuen ebenfalls von sehr hoher Qualität war.

Deshalb hatten die großen Herren vom Bosporus in ihrem bis dato hauptsächlich auf Kokain ausgerichteten

Geschäft auch wieder stärker auf Cannabis gesetzt. Was zwar nicht ganz so einträglich war, aber künftige Kundschaft für den Schnee sichern konnte.

Also: Es musste etwas geschehen. Weshalb Blondies Galan, als man eines Abends gemütlich beim Schampus saß und sich die Frau gerade ihren ersten Joint drehte, ein Anruf auf seinem Handy erhielt. Die Idylle war gestört. Augenrollend murrte der Galan, er müsse dringend einen Termin wahrnehmen und deshalb sofort weg. Falls dahinter ein Rock stecke, werde sie ihm die Augen auskratzen, drohte Blondie.

Der Mann schüttelte nur den Kopf. Dann hatte er eine Bitte: In seinem Auto liege ein Karton, den er vergessen habe. Der werde schon jetzt auf der anderen Seite des Stromes schmerzlich vermisst. Ob sie nicht für ihn zur Fähre Gernsheim fahren, mit der übersetzen und seinem Kollegen den Karton mit Medikamenten übergeben könnte? Unterdessen wolle er flott seinen eigenen Termin wahrnehmen.

Das ginge zügig und danach werde man sich wohl ziemlich gleichzeitig wieder treffen. Und den Abend da fortsetzen, wo man jetzt so schändlich störend unterbrochen wurde. Sonst wäre er den ganzen Abend unterwegs.

Die Frau überlegte kurz. Sie schloss messerscharf: Da schien mehr für sie drin zu sein. Weshalb sie fragte, was er ihr denn für ihre Dienstleistung, außer Liebe noch bieten könne? Ein Satz neuer Reifen für ihr Auto sei in diesem Fall schon noch drin, meinte ihr Galan. Sie habe doch letztlich über die schlechten Schlappen ihres Kleinwagens geklagt.

Begeistert wie ein kleines Kind am Weihnachtsabend klatschte Blondie ob dieses Angebots in die Hände. Ihr Galan fasste das als Zustimmung auf und machte sich auf den Weg, den Karton in ihren Kofferraum zu packen.

Der wiege nicht viel, sagte er noch. Und er werde seinem Kumpel ihre Autonummer durchgeben. So brauche sie nur nach dem Übersetzen auf den Parkplatz zu fahren, sich um nichts mehr zu kümmern. Der Karton werde aus ihrem Kofferraum genommen und sie könne wahrscheinlich noch mit der gleichen Fähre zurückfahren.

Die Aktion funktionierte besser als erwartet. Wenn auch nicht unbeobachtet. Die observierenden Kripobeamten dachten sich ihr Teil, versuchten, die Spur nicht zu verlieren. Allerdings merkten sie schnell, dass nicht nur ein schwarzer BMW die Fahrt zur Fähre überwachte, sondern auch der Galan. Der dachte nicht im Traum daran, einen „Geschäftsfreund" aufzusuchen. Vielmehr wollte er die Lage rund um Blondies Kleinwagen im Auge behalten.

Diese Fahrten mit wechselnden Zielen häuften sich in der Folge. Weshalb die Beamten meinten, Blondie habe so langsam begriffen, auf was sie sich eingelassen hatte. Denn, wie es schien, die „Geschenke" an sie wurden immer wertvoller. Kleidung sowieso, aber eines Tages schmückte ein edles Kettchen ihr rechtes Handgelenk. Kurz darauf folgte die passende Halskette. Und auch ein passender Ring ließ nicht mehr lange auf sich warten.

Was sich dann ereignete, konnte nur als unverzeihliche Dämlichkeit bezeichnet werden. Ein genervtes Observationsteam verlor ganz einfach die Geduld.

Die Beamten hatten fast zwei Stunden fröstelnd im Nieselregen vor Blondies Wohnung im Wagen gesessen. Die Feuchte kroch durch die undichten Wagentüren und die beschlagenden Fenster in die alte Karre. Es nützte nur wenig, wenn sie hin und wieder den Motor kurz laufen ließen.

Als Blondie endlich aus der Wohnung kam und losfuhr, war die Laune der Beamten entsprechend schlecht. Sie sahen, dass das Wagenheck tiefer als gewöhnlich einsank, als sie anfuhr.

Blondie schien sich des rechten Weges zunächst nicht so recht bewusst, als sie startete. Ziellos rollte sie mit ihrem inzwischen artig aufgemotzten schmucken Wägelchen durch ihr Wohngebiet. Bis sie sich endlich auf den Weg in Richtung Rheinfähre machte.

Kurz vor dem Zielort erfolgte der Anruf des gelangweilten Überwachungsteams bei den uniformierten Kollegen. Sie schnappten die äußerst wortkarge Dame mit 20 Kilo Hasch in zwei Säcken im Kofferraum des Kleinwagens. Gerade, als sie auf die Fähre zusteuerte.

Das war für Blondie besonders ärgerlich. Sollte sie doch nach dieser Tour ein opulentes Geschenk erhalten: Ein neues Schlafzimmer war angesagt. Mit Schwebetürenschrank, großen Spiegeln in den Türen und an der Decke über dem Bett.

Weder daraus wurde etwas noch aus einem zufriedenen Leben mit ihrem Galan und den kleinen Ausflugstouren. Diese Fahrt mit den zwei Säcken führte direkt ins Frauengefängnis in Frankfurt-Preungesheim.

Während der Untersuchungshaft erhielt Blondie mehrfach in der Zelle Besuch von ABaKo. Aber Petra

Stein und Carmen Franke bissen auf Granit. Blondie schwieg eisern.

Aus dem so aufwendig angeleierten Verfahren wurde für das K 64 und im Hintergrund für ABaKo eine große Schlappe. Vom Inhalt der Säcke wusste Blondie vor den Richtern nichts. Das Gegenteil war ihr trotz aller Bemühungen nicht nachzuweisen. Die paar Krümel Haschisch „für den Eigenbedarf" in ihrer Hosentasche reichten nicht einmal, um die sechs Monate Untersuchungshaft zu rechtfertigen.

Eine ziemlich erboste Ermittlungsrichterin machte aus ihrem Herzen keine Mördergrube, als es um den angeblichen Taliban ging, dessen GPS-Überwachung sie zugelassen hatte. „Ihr könnt froh sein, wenn ich Euch nicht noch ein Verfahren anhänge", beschied sie die beiden wie begossene Pudel vor ihr sitzenden Ermittler des Drogenkommissariats barsch.

„Ihr braucht bei mir nicht mehr wegen irgendetwas anzukommen. Allein wenn nur Euer Name aufscheint, ist das ein Ablehnungsgrund."

Wie gesagt: Der Schuss war voll nach hinten losgegangen und das Verfahren geplatzt. Die Richterin gab ihnen noch eine Lebensweisheit mit auf den Weg: „Wer den Schaden hat, spottet jeder Beschreibung."

Völlig verbittert begoss das Duo am Abend nach diesem Abputzer seinen Frust in einer gemütlichen Eckkneipe im Darmstädter Stadtteil Eberstadt. Hier schien die Zeit stillzustehen. Seit mehr als 30 Jahren. Nur neue Fenster hatten vor kurzer Zeit die alten Butzenscheiben ersetzt. Jetzt konnte man von der Theke aus den Verkehr auf der Straße, die Busse und Straßenbahnen am zentralen Haltepunkt der Verkehrsgesellschaften beobachten.

Für einige der Gäste an der engen Bar war das wichtig. Denn es reichte meist, in letzter Sekunde aus der Kneipe zu stürzen, um den abfahrenden Bus noch zu erreichen. Die meisten Fahrer der abendlichen Busse kannten ihre „Stammkunden" ebenso wie die griechischen Wirtsleute. Und nahmen Rücksicht auf deren Gepflogenheiten.

Die meisten von ihnen verkehrten hier schon seit vielen Jahren, hatten ein fast familiäres Verhältnis zu dem alten Wirtspaar ebenso wie dessen Sohn und Schwiegertochter. An diesem Abend fiel den „jungen Wirtsleuten" die schlechte Laune der beiden gelegentlichen Gäste auf. Wortkarg saßen sie vor Bier und Korn. Aber es war ihnen nur so viel zu entlocken: „Einsatz ist schiefgelaufen, wir haben Knatsch!" Dann betranken sie sich still.

Am anderen Ende der Theke ging es nicht ganz so leise zu. Zwei, sonst gut miteinander auskommende, Männer gerieten aneinander. Um eine Nichtigkeit. Es ging schlicht und einfach um die Frage, wie die Fahrerkabinen von großen Kranen ausgestattet sein müssten. Ob mit Glasverkleidung oder offen.

Deshalb habe es den Kranführern in luftiger Höhe immer in den Nacken geregnet, behauptete der eine. Das sei kompletter Blödsinn, der andere. Denn er selbst habe als Mitarbeiter eines Instituts für Betriebssicherheit, im Auftrag einer Weltfirma vor langer Zeit schon die Krankabinen entworfen. Sie seien rundum verglast und sogar klimatisiert, blieb er bei seiner Meinung.

Als der Streit immer unsachlicher wurde und sich auch andere Gäste ins lautstarke Geschehen einmischten, griff der Wirt ein. „Gebt Ruhe und trinkt lieber einen ‚Willi' damit es wieder Frieden gibt" forderte er die Streithähne erfolgreich auf.

Erst am nächsten Tag, als zufällig ein hier fast jeden Abend seinen Feierabendschoppen nehmender Lokalreporter an der Bar saß, erfuhren Gäste und Wirtsleute Näheres, warum die beiden sonst so geselligen Ordnungshüter so schweigsam gewesen waren. Bei einem schottischen Whisky und einem Krug Bier erzählte der die ganze Geschichte. Mit einigen Details, die den Weg nicht in die Zeitungen gefunden hatten.

Genussvoll schilderte der Reporter, was er über den Fall wusste. So erwähnte er auch die Kneipe in der Darmstädter Innenstadt, wo Deutsche unerwünscht waren. Er berichtete über die attraktive Frankfurter Blondine, die in Gernsheim als Drogenkurier erwischt worden war und nun in Frankfurt-Preungesheim im Frauenknast versauerte.

„Da wird sie wenig Gelegenheit zur Entspannung haben", meinte der Reporter, „denn da gibt es sogar Bockwürstchen nur in Scheiben und Gurken in kleinen Stückchen ..." die Gäste lachten über diese wohl nicht ernst gemeinte Vermutung des Journalisten. Aber ob nicht doch?

Die Wirtin jedenfalls schüttelte ihre blonde Haarpracht. Dann meinte sie: „Ausprobieren möchte ich das um keinen Preis. Ich möchte mit dem Frauenknast auf keinen Fall zu tun bekommen."

Dafür gebe es seiner Ansicht nach bestimmt keine Gefahr, war sich der Whiskytrinker sicher: „Wenn Du mir schnell noch einen Schluck einschenken magst", schmunzelte er und hielt sein leeres Glas hin. Ohne zu zögern füllte die lächelnde Wirtin einen großen Schuss des bernsteinfarbenen Getränkes nach.

📖

Für ABaKo war diese Entwicklung besonders ärgerlich. Diese Spur zu der türkischen Drogenszene des Rhein-Main-Gebietes war in den letzten Monaten von ABaKo vernachlässigt, aber nicht aus den Augen verloren worden. Das rächte sich jetzt. Es fehlte wichtiges Detailwissen aus der Dealerszene und die Clans in Rüsselsheim, obwohl man schon kurz davor gewesen war, ihr einen empfindlichen Schlag zu versetzen.

Denn es hatten sich die Hinweise verdichtet, die Dealer hätten auch im Fall Westend eine nicht unwichtige Rolle gespielt. Zumindest vermutete man das im Milieu rund um den Frankfurter Hauptbahnhof. Im „Flussviertel" kursierten die wildesten Gerüchte. Vor allem war immer wieder von „den Belgiern" als Lieferanten der Drogen die Rede.

Denn die früher am meisten genutzten Drogenrouten über den Balkan und Italien waren längst tot. Zu oft waren von der in dieser Sache eng zusammenarbeitenden Polizeibehörden große Mengen des Stoffs, aus dem die Träume sind, sichergestellt worden.

Besonders die Niederländer und die Belgier hatten jetzt Schwierigkeiten, die neuen Wege ihrer Drogen im Blick zu behalten. Doch es gab noch weitere Probleme.

Immer mehr illegal hergestellte Zigaretten fanden über die belgischen wie die holländischen Häfen unverzollt ihren Weg nach Frankreich und Deutschland. Hier sahen auch die Ermittler von ABaKo eine gefährliche Entwicklung, der Zoll- und Steuerfahnder allein schon lange nicht mehr Herr werden konnten.

📖

Der Kriminalreporter Jo Bertram hatte sich in der letzten Zeit ganz gegen seine sonstigen Gewohnheiten bei ABaKo ziemlich rar gemacht. Das war seinen Freunden unter den Ermittlern aufgefallen. Weil er aber öfter mal für längere Zeit spurlos verschwand, nahm man dies nicht besonders ernst. Wenn nicht ein Job hinter der Abwesenheit des Reporters der Nachtausgabe steckte, war es meist ein Rock, vermutete man. Und dann konnte es dauern, bis er wieder im Lande war.

Dann stand der Reporter auf einmal wieder bei den Fahndern auf der Matte. Nicht so fröhlich und entspannt wie sonst. Mit ernstem Gesicht trudelte er schließlich bei seinem Freund Klaus Wolf und dessen Kollegin Petra Stein ein.

Entgegen seiner sonstigen Gewohnheit hüllte sich der Reporter zunächst in Schweigen. Schaute sich im Zimmer um, als wäre er noch nie hier gewesen. Schließlich schenkte ihm Petra Stein ein ermunterndes Lächeln und meinte dabei, ihm müsse doch etwas auf der Seele brennen. Denn so ruhig kenne sie ihn nicht.

Nachdem Klaus Wolf ihn schließlich aufgefordert hatte, nicht so nervös mit den Händen knackend herumzustehen, setzte er sich auf einen der Stühle, die zu einer wirklich kleinen Sitzgruppe aus zwei Minisesseln und einem ebensolchen Tisch bestand.

„Warum so viel Abstand zu uns", wollte Wolf wissen. „Du fremdelst doch sonst hier nicht so. Hast Du was angestellt, womit wir Ärger bekommen können?"

Der Reporter berichtete jetzt stockend, immer wieder von langen Pausen unterbrochen, er erfülle eigentlich nur das Vermächtnis einer toten Kollegin. Die sei bei einem Unfall im Niedersächsischen, bei Lehrte, ums Leben gekommen. Auf gerader Strecke habe auf der Ahltener Straße von Hannover kommend in Richtung Wasserturm ihre Lenkung versagt. Sie sei mit dem Wagen, nicht gerade langsam fahrend, von der Fahrbahn abgekommen, habe sich überschlagen und sei gegen einen Baum geknallt. Dabei habe sie sich, trotz Sicherheitsgurts, das Genick gebrochen.

Der Unfall und die Umstände gäben ihm zu denken, ergänzte Bertram. Denn seine Kollegin, wie er engagierter Polizeireporter, hätte in der kriminellen Szene Hannovers recherchiert und einige kritische Artikel in den regionalen wie überregionalen Zeitungen veröffentlicht. Vor Allem habe sie dabei die Verbindungen in die Frankfurter Rockerszene herausgearbeitet.

Er sei zum Teil in die Recherchen eingebunden gewesen, räumte Bertram ein. Grinsend beantwortete er schließlich die unausgesprochen im Raum stehende Frage: „Wir haben nicht nur den Tisch geteilt. Schon sehr lange nicht."

Dann kam er wieder zur eigentlichen Sache. Im Lehrter Rathaus, einem unfreundlichen grauen Bau mit einem kupferverkleideten Glockenturm, habe die örtliche Polizei eine Pressekonferenz gegeben. Eine Obduktion sei nicht angeordnet worden. „Die Unfallursache und die Folgen waren für die Polizei klar. Zu schnell auf glitschiger Straße und geschleudert."

Inzwischen war auch Peter Horn ins Zimmer der Unzertrennlichen gekommen. Er sah auf die kurze Pressemeldung, die Jo Bertram auf den Tisch gelegt hatte. Das Ganze rieche für ihn verdächtig, gab der Chef von ABaKo eine erste Einschätzung ab. Er erinnerte sich sofort an ähnliche Ermittlungen, die im Rockermilieu des Rhein-Main-Gebietes geführt worden waren. Allerdings hatten die zu keinem greifbaren Ergebnis geführt.

Man solle sich im größeren Kreis in seinem Büro weiter unterhalten, schlug er erfolgreich vor. Im Vorbeigehen an ihrem Zimmer holte Horn auch das Profilerteam mit zu der jetzt folgenden Besprechung. Von einer Beratung wollte zu diesem Zeitpunkt noch keiner der Beteiligten sprechen.

„Wo ist sie begraben, hat sie Angehörige?" Horn fragte den Reporter direkt. Jo Bertram erwiderte, bekannt sei nur ihre hochbetagte Mutter in Bremerhaven. Sie leide unter Alzheimer und vegetiere in einem christlichen Pflegeheim ihrem Tod entgegen. Deshalb hätte eine gemeinsame Freundin mit ihm die Beerdigungsformalitäten erledigt und das Begräbnis zusammen mit den Kollegen der lokalen Zeitung bezahlt.

Was aus ihrem komfortablen Haus am Hohnhorstsee in der Nähe der Rastanlage Lehrte an der A 2 werde, könne noch nicht gesagt werden. Es sei seiner Kollegin schon kurz nach der Geburt vom Opa überschrieben worden. Vermutlich werde es jetzt die kranke Mutter erben und der Staat es verkaufen. Die Einnahmen würden dann wohl für die Pflege der Mutter draufgehen. Denn weitere Erben oder ein Testament seien ihm nicht bekannt.

Als Peter Horn den Reporter fragte, wie er in diese Sache geraten sei, druckste der herum. Schließlich gab er sich einen Ruck. „Ok, wir haben schon in ihrer Anfangszeit zusammengearbeitet. Als sie zu uns kam, habe ich sie unter meine Fittiche genommen. Dann ist sie weggegangen. Ja, ihr braucht nicht zu fragen, wir haben schon damals nicht nur den Schreibtisch geteilt. Aber weil wir öffentlich Konkurrenten waren, haben wir das geheim gehalten."

„Exhumierung der Leiche könnte angeraten sein", brachte Carmen Franke jetzt das Gespräch wieder auf einen wichtigeren Punkt. Jo Bertram verzog das Gesicht. Daran habe er auch schon gedacht. Aber um eine Leiche auszugraben brauche es einen Gerichtsbeschluss oder zumindest den eines Staatsanwaltes.

„Aber ebenso wie sich der ‚Clan der Hiltruper' bei den leitenden Polizeibeamten, die die Hochschule der deutschen Polizei bei Münster in Westfalen besucht haben, trifft, gibt es das auch in der Justiz. Da ist die Gefahr sehr groß, dass in der kriminellen Szene in Hannover etwas durchsickert. Bei denen werden dann die Alarmglocken läuten, wenn die Leiche plötzlich exhumiert wird."

Bei ABaKo war längst bekannt, dass es in der Polizei ebenso wie in der Justiz in der niedersächsischen Landeshauptstadt undichte Stellen gab. Zu oft waren Ermittlungsansätze der Polizei wie der Staatsanwaltschaft von Hannover in den einschlägigen Kreisen der Metropole schneller bekanntgeworden, als den Ermittlern lieb war.

„Nonsens", unterbrach jetzt Jobst Hahn die Runde. „Sicherlich gibt es undichte Stellen. Aber ich habe eine bessere Idee. Wir haben doch in Darmstadt den Vorsitzenden Richter…", er murmelte einen Namen, „…der ist uns gewogen. Ziehen wir ihn ins Vertrauen."

Auch wenn er Bedenken hatte: Peter Horn notierte sich den Vorschlag. „Ehe wir nichts machen, können wir es zumindest versuchen. Unser Freund ist auf keinen Fall in der norddeutschen juristischen Szene, kommt aus einer anderen Richtung. Er hat in München studiert und sogar einige Jahre als Staatsanwalt dort gearbeitet, bevor er in Darmstadt Richter wurde."

Leicht werde es nicht, diese Idee in die Praxis umzusetzen, machte Jo Bertram weitere Bedenken geltend. Denn wer sollte die Genehmigung geben, die Leiche auszugraben und in eine – ja welche denn überhaupt? – Gerichtsmedizin zu schaffen. Aber zunächst galt es jetzt sich mit den Bertram'schen Recherchen auseinanderzusetzen.

Laut der von Bertram mitgebrachten Unterlagen seiner Kollegin über die „kriminelle Szene Hannover" gab es am Steintor in der Landeshauptstadt eine Zentrale, in der alle Informationen ebenso wie die Geschäftsaktivitäten zusammenliefen. Ein unübersehbares Geflecht aus Bordellen, Firmen, Immobilien und Dienstleistungsunternehmen, verknüpft über Ich—AG und miteinander wirtschaftlich verbunden, herrschte in der Szene. Wollte man sich bei einem Türsteher über die Anmache eines Straßenmädchens beschweren – sofort stellte sich heraus, dass beide Geschäftspartner waren.

Kam eine junge Frau zur Beratung ins Arbeitsamt, war es nicht viel besser. Zu den Unterlagen zur Gründung der Ich-AG erhielt sie gleich den „freundschaftlichen Tipp", sich für die Gründung eines Brötchenverkaufs mit Kaffeeausschank „lieber gleich" mit dem „Chef im Ring" am Steintor ins Benehmen zu setzen. „Damit es keine unangenehmen Überraschungen gibt".

Auf derartige Zusammenhänge, so Bertram, sei seine Kollegin auf Schritt und Tritt gestoßen. Es gebe, so ihre Notizen, ein komplettes Netzwerk bis in die Zentralen der Macht in Berlin. Großen Namen, so Bertram, begegne man bei den Recherchen auf Schritt und Tritt. Nicht nur in den Gewerkschaften oder den Parteien, sogar den Kirchen, auch in der Regierung. Aber auf allen Ebenen werde sorgfältig abgeschirmt. „Da funktionieren sie alten Seilschaften aus der Jugendzeit zuverlässig."

Besonders wenn es darum gehe, Journalisten zu drohen. „Darin sind die Herrschaften ob an der Leine, am Rhein oder an der Spree fit." Alle waren entsetzt. „Will damit sagen, alle Politiker sind gleich", bemerkte Bertram bitter. „Da ist noch das Mindeste, beim Chef vorzusprechen oder mit einem von uns essen zu gehen. Da kann man schon davon ausgehen, dass da was folgt. Aber nichts Gutes."

Seine Mannschaft und Horn waren gleichermaßen entsetzt. Kopfschüttelnd fragte Klaus Wolf seinen Freund: „Willst du sagen alle unsere Politiker wären korrupt?" Bertram grinste schwach. „Nicht alle sind käuflich. Es gibt noch einige die nicht. Aber die Hand halten die meisten auf. Die einen aber offenkundiger als andere. Die Leute von „Transparency International" haben schon recht, wenn sie Deutschland im gelben Bereich ihrer Liste der korrupten Staaten führen ... Es sind nicht nur die Wirtschaftsbosse die schmieren. Wie wir hier sehen."

Besonders spannend wurde es, als der Polizeireporter auf einige Seiten hinwies, die er in den zusammengehefteten Schriftstücken seiner Kollegin besonders markiert hatte. „Hier ist der Bericht eines V-Mannes der Polizei. Die haben sogar ein Papier unterschrieben, das ich als Abkommen bezeichnen würde. Darin haben die ‚Clubbrüder' einer bekannten Motorradgang aus Hannover, Frankfurt und Darmstadt ihre Zusammenarbeit in einem Vertrag haarklein festgehalten." Man merke eben, dass sie mehr oder weniger alle mit Juristerei zu tun hätten, ergänzte er noch.

Erstaunt lasen die Beamten, wie ein Frankfurter Richter, ein angesehener Politiker aus Darmstadt, einige Zuhälter und Rocker aus Hannover sowie verschiedene hohe Gewerkschafter ihre Beteiligungen an den Geschäften mit Lust, Liebe und Drogen aufgeteilt hatten.

Horn schüttelte sich angewidert. Vor allem als er sah, wie weit nicht nur hohe Politiker der feinen Hannoveraner Gesellschaft dieser Gruppierung „freundschaftlich verbunden" waren und dies auch noch schriftlich bekundeten. In Notizen, sogar Briefen, die in dem Dossier des Polizeireporters zu finden waren.

Besonders die Verbindungen nach Frankfurt ließen Horn hellhörig werden. „Könnte das auch mit unserer Bluttat im Westend zu tun haben?" Wollte er von dem Reporter wissen. Der wiegte nachdenklich den Kopf. Daran habe er auch schon gedacht, räumte er zögerlich sprechend ein. Denn gerade im Mädchen- und Drogenhandel gebe es Hinweise. Weshalb er auch längere Zeit im Norden und nicht in Frankfurt gewesen sei. Sein Chef habe ihn für diese Recherche freigestellt, räumte Jo Bertram schließlich ein.

Wie sicher diese Informationen seien, wollte Horn schließlich mit belegter Stimme wissen. Bertram zuckte die Schultern. Er werde diesen Vertrag in einer Artikelserie als Aufhänger breit auswalzen. Dem Frankfurter Richter gebühre die erste Folge, dann werde er Stück für Stück die Details belegen. „So wie ihr die Akten hier vorliegen habt. Deshalb übergebe ich Euch dieses Dossier jetzt ganz offiziell – aber nur zum internen Gebrauch."

Einer der Rocker aus Hannover hatte offenkundig breit ausgepackt, wie das Geschäft am Steintor lief. Danach taten Dienst als Türsteher, Bodyguards und Aufpasser gegenüber den Mädchen nur Mitglieder der Rockergang des Anführers der ‚politischen Vereinigung'. „Deren Boss ist unser Frankfurter Richter", meinte Bertram. „Allem Anschein nach aber mit Vorbehalt", schränkte Horn ein.

Das mochte Bertram so nicht gelten lassen. „Unser Richter hier zieht seit langem die Fäden." Direkt an Klaus Wolf: „Das lief schon, als er dich hier in Frankfurt verbrannt hat. Das war sein Einstieg in einen kleinen Zirkel von Rockern und Zuhältern. Den hat er dann heimlich und bereits mit seinen, vermutlich noch unwissenden, politischen Verbindungen umgekrempelt."

Als die Polizei in Hannover auf diese Entwicklung aufmerksam wurde, sei es bereits zu spät gewesen, lasen die erstaunten Beamten. Da war bereits ein gefestigtes Netzwerk entstanden. In den Bordellen des Steintorviertels arbeiteten Ausländerinnen mit gefälschten Pässen aus Frankfurt. In denen war nicht nur das Alter falsch. Wie dreist man vorging, zeigte der Fall einer „farbigen Deutschen", die laut Pass in München geboren nicht ein Wort Deutsch verstand, geschweige denn sprach.

Weitere Dossiers der Polizei, die ohne Wissen höherer Dienststellen Ermittlungen vorgenommen hatte, zeigten, dass die grauen Eminenzen nicht nur direkt an den Mädchen verdienten. An den Türen der Bordelle und in den dezenten Zugängen zu den edleren Wohnungen standen Mitarbeiter einer Sicherheitsfirma. Nachprüfungen der Polizei führten zum Besitzer des Dienstleisters: dem Chef der Rocker.

„Inzwischen gibt es im ganzen Steintorviertel nicht mehr eine Bar oder Kneipe, kein Bordell und keine Hostessenwohnung, die nicht irgendwie von den Herren um unseren Richter kontrolliert werden." Aber das sei noch nicht alles, berichtete Bertram weiter. Der Motorradclub sei eng mit der Sicherheitsfirma und die wiederum mit den Bordellen und ihren Betreibern verbunden.

„Das größte Geschäft ist aber der Handel mit den Motorrädern. Der Chef der Bande hat – über einen Strohmann – eine Niederlassung, für die bei den Gangs beliebten amerikanischen Motorräder. Die Lebensgefährtin dieses Mannes leitet eine Kreditvermittlung. Die privates Geld zur Finanzierung der Bikes ohne viele Fragen an die Chartermitglieder vergibt. Chef beider Firmen: der Präsident des Charters."

„Aber", so endete das Dossier des Reporters, „alle Fäden laufen offenkundig in Frankfurt zusammen. Im Büro unseres ehemaligen Richters. Der hockt in seinem noblen Firmensitz an der Messe wie die Spinne in ihrem Netz und lässt andere die Drecksarbeit machen", fasste Bertram zusammen.

„Wie machen wir dein Wissen gerichtsfest?" Wandte sich Horn an den Journalisten. Der zuckte mit den Schultern, um auf seine Kollegin zu verweisen.

Damit habe er vermutlich den Nagel auf den Kopf getroffen, fand Petra Stein. „Ist dir bewusst, wie hoch dein
Risiko dabei ist?" Er habe sich entschlossen, sagte Bertram. Das sei er nicht nur sich selbst, sondern auch der
toten Kollegin schuldig. „Und dem, was wir gemeinsam
hatten und was ich jetzt als ihren Nachlass zu Ende führen will."

📖

Kurz bevor das Team auseinanderging, hatte Klaus
Wolf eine Idee. „Würde es nicht zuerst einmal reichen,
den Wagen deiner toten Kollegin zu untersuchen?"
Wollte er von Jo Bertram wissen. „Vielleicht finden wir
ja schon dabei einen Hinweis auf einen unnatürlichen
Tod."

Jo Bertram zückte sein Handy. Während des folgenden Telefongesprächs hellte sich sein düsteres Gesicht etwas auf. „Klar", schloss er das Telefonat ab, „wir kommen so bald wie möglich, lassen den Wagen aus der Garage holen. Natürlich mit einem unauffälligen Transport-
unternehmen. Wir sind ja nicht blöd."

Es war klar, was der Reporter abgesprochen hatte.
„Ich habe mit dem Redakteur gesprochen, der den Haus-
schlüssel unserer toten Kollegin hat. In deren – ver-
schlossener – Garage steht der demolierte Wagen."

Es reiche, fanden die Beamten von ABaKo, wenn man
den Wagen umgehend mit einem nicht nur leicht herun-
tergekommenen Abschleppfahrzeug eines Altwagenhan-
dels nach Frankfurt schaffe. Zur Tarnung müsse der Ab-
schlepper niederländische Kennzeichen haben. Dann
könne niemand etwas dabei finden, wenn der den

Schrotthaufen abhole. „Weil da oben nämlich die Holländer mit alten Karren handeln, die sonst keiner mehr will oder gebrauchen kann", sagte Jobst Hahn. „Meistens landen die in Afrika", tat er weiteres Wissen kund. „Ich habe mit so einem Fall zu tun gehabt."

Obwohl sofort alles Nötige in die Wege geleitet wurde, dauerte es zwei Tage, bis das Wrack aus der norddeutschen Garage in der Spezialwerkstatt des Landeskriminalamtes in Wiesbaden ankam. Das hieß aber noch lange nicht, dass die LKA-Experten unmittelbar mit ihrer Arbeit begannen. „Wir haben nicht nur hier gesessen und auf euern Auftrag gewartet", gaben die Spezialisten zu bedenken. „Wir haben noch genug andere Arbeit, bevor wir an diesen Schrotthaufen, der mal ein Wagen gewesen sein soll, gehen."

Allerdings stellte sich diese Einschätzung schnell als Irrtum heraus. Es reichte ein Anruf von Peter Horn und der Auftrag von ABaKo wurde mit dem von ihm für nötig gehaltenen Vorrang behandelt. Das Ergebnis konnte Horn und seine Leute nicht sonderlich überraschen.

„Sowohl an der Bremsanlage als auch an der Lenkung ist herumgeklütert worden", fassten die Experten das Ergebnis ihrer akribischen Arbeit zusammen. Sie äußerten ihre „gesicherte Vermutung", dass hier Experten am Werk gewesen seien. „Die hatten Ahnung, das waren keine Amateure." Besonders die Manipulation an der Lenkung sei „äußerst geschickt und erfahren" vorgenommen worden. Erst nach längerer Fahrt, mindestens 30 Kilometer, habe die Lenkung versagen können.

Davon war man jetzt auch bei ABaKo überzeugt. „Wir erreichen nichts mehr, wenn wir noch zuwarten. An allen betroffenen Orten gleichzeitig Zugriff. Wie ihr das

macht, bleibt euch überlassen." Horn quittierte seine Einschätzung mit einem Seufzer und besprach sich umgehend mit seinen beiden leitenden Teams.

Hier war man keineswegs einer Meinung. „Wir riskieren, hinterher in Beweisnot zu geraten", äußerte besonders Klaus Wolf Bedenken. Für diese Ansicht mochte
sich Petra Stein nicht erwärmen. Sie wollte, sagte sie un-
verblümt, „am liebsten sofort zuschlagen, beschlagnahmen was uns in die Finger fällt und alle Läden dichtma-
chen. Und dass meine ich weitgehend."

Dann würde man, in aller Ruhe Beweise sichernd, Te-
lefone abhörend und die Laptops der Herrschaften aus-
wertend, genug zusammenbekommen, um allen gemeinsam das Handwerk zu legen. Aber auch Jobst Hahn
mochte sich dieser Einschätzung von Petra Stein nicht
anschließen. Wie Klaus Wolf wandte er sich gegen den
sofortigen Zugriff.

Nur ungern mochte sich der Chef von ABaKo einge-
stehen, dass er vorerst keine einhellige Einschätzung der
Lage zustande bringen würde. Da konnte auch kein Calvados helfen, stellte sich schnell heraus. „Wir müssen
darüber noch in Ruhe nachdenken", fanden schließlich
seine Leute. „Auf einen Tag mehr oder weniger kann es
jetzt nicht mehr ankommen", war die Gruppe zumindest
in einem Punkt gleicher Meinung.

📖

Die weitere Entwicklung des Mordverdachtes gegen
Unbekannt im fernen Lehrte wurde für Jo Bertram eine
ebenso große Enttäuschung wie für die Beamten bei

ABaKo. Ihre Ermittlungen waren nicht unbemerkt geblieben. Besonders nicht, als das Ergebnis der Obduktion bekanntwurde. Die hatte in Hamburg ergeben, dass die Kollegin Jo Bertrams vor ihrer Fahrt Drogen genommen haben musste.

Horn zog ein weiteres Papier aus seinem Aktendeckel. „Der Fall gehört uns nicht mehr", verkündete er. „Die Ermittlungen werden auf internationaler Ebene bei Europol und amerikanischen Ermittlungsbehörden geführt. Der Verflechtungen ins internationale Drogengeschäft wegen. Uns ersucht man, die Füße still zu halten. Weil Mord nicht verjähre, bitte man um Zeit, die eigenen Ermittlungen abschließen zu können. Ich habe bereits zugestimmt," schloss Horn das Thema vorläufig ab.

Jo Bertram mochte sich damit nicht zufriedengeben. „Das kann unmöglich sein", war sich der Frankfurter Reporter sicher. „Sie hat, so lange ich sie kenne, nie etwas eingeworfen oder geschnupft." Jo Bertram war verschnupft. „Diese Behauptung kann einfach nicht wahr sein."

Nachdem er den Obduktionsbefund gelesen hatte, teilte Klaus Horn diese Einschätzung. „Die Untersuchung ihrer Haare hat ergeben, dass sie offenkundig nie vorher Drogen genommen hat", zitierte er aus dem Befund. „Aber sie hat beim Unfall, zumindest laut Obduktion, vermutlich eine unseren beliebten KO-Tropfen ähnliche Substanz bekommen. Da sind sich die Docs in Hamburg sicher. Aber was es war, können sie nicht exakt bestimmen. Es wirkt fast wie das amerikanische ‚bebito sito' – auch als ‚gläserner Sarg' bekannt. Das meinen die Experten am Tropeninstitut in Hamburg."

Seine Profilerin widersprach dem Chef von ABaKo: „Du bist schief gewickelt. ‚bebito sito' ist bekannt. Inzwischen kennt so gut wie keiner bei uns mehr den Namen der Droge, die Zusammensetzung aber doch." Carmen Franke holte tief Luft. Grinsend nutzte Jobst Hahn die Chance, seiner Teampartnerin ins Wort zu fallen: „Wenn sie abends Zeit hat, liest sie schlaue Bücher über exotische Gifte und so was", erzählte er. Harmlos frug Petra Stein, ob sie denn in ihrer Freizeit nichts Besseres zu tun wüssten, als schlaue Bücher …

Die versammelte Mannschaft brach in lautes Gelächter aus. Endlich kam Carmen wieder zu Wort. Sie berichtete jetzt, dass „bebito sito" in indianischer und später Voodoo-Zauberkunst eine Rolle gespielt hat. Sie diente dazu Medien in einen Zustand zu versetzen, der sie in gläserner Wachheit hielt, ihnen aber jede Bewegung unmöglich machte. Als „lebende Leiche" bekam das Opfer des Tranks alles mit, was um es herum und mit ihm passierte, war nicht einmal fähig zu weinen.

„Die Wirkung setzte nach Minuten, manchmal erst nach Stunden ein. Je nach Zusammensetzung und Dosierung. Richtig erforscht ist das nicht. Angeblich wird der Stoff aber noch heute von den Hexenmeistern im Voodoo eingesetzt."

Gewonnen wird das Gift, erzählte sie weiter, aus einem Wurzelsud des Gelben Jasmin. Offiziell eingesetzt wurde es als Giftspritze bis Anfang des 21. Jahrhunderts bei Hinrichtungen in den USA. Von den Fingerspitzen ausgehend setzte die Lähmung bei vollem Bewusstsein des Vergifteten ein, nahm ihm die Möglichkeit auch nur eine Faser seines Körpers zu kontrollieren, zu bewegen.

„Wenn das Gift, oder besser die Lähmung, das Zwerchfell erreicht, setzt die Atmung aus. Der Vergiftete stirbt bei vollem Bewusstsein." Das sei, ergänzte sie noch, meist nach frühestens zehn bis 15 Minuten der Fall.

Carmen Franke schien die Fassungslosigkeit ihrer Zuhörer zu genießen. Es habe in Europa mehrere Fälle gegeben, in denen der „gläserne Sarg" von Kriminellen benutzt wurde. Sicher sei man da allerdings nicht.

Aber der Stoff habe die Wissenschaftler immer vor mehr Fragen gestellt, als es Antworten gab. So sei ein wirksames Gegenmittel bis heute nicht bekannt, geschweige denn untersucht. Nur wenige Opfer der teuflischen Substanz hätten überlebt.

In den USA sei das etwas anders. Da beschäftigten sich Toxikologen und Biologen genau mit dieser teuflischen Substanz. Aber es gab Probleme mit der Beschaffung des Gelben Jasmin, um genug dieser als Succinylcholin bekannten Substanz herzustellen, um für alle Hinrichtungen genug Injektionsampullen davon zu haben. Nicht zuletzt, weil sich europäische Hersteller weigerten, dass Gift für Hinrichtungen zu liefern.

„Du scheinst mehr darüber zu wissen als wir andern alle zusammen", meinte Horn jetzt schmunzelnd. „Aber ich habe im Schreibtisch eine Substanz, deren Wirkung kennen wir alle. Und die Zusammensetzung auch." Im jetzt aufbrandenden Gelächter öffnete Peter Horn seine Schranktür, griff nach einer frischen Flasche Calvados, während Petra Stein aus einem Fach seines Schreibtisches die Gläser für das ebenso edle wie bei seinem Team beliebte Getränk holte.

📖

Doch der Fall war für ABaKo längst nicht so schnell beendet, wie die übergeordneten Dienststellen es sich gewünscht hatten. Es stellte sich schnell mit Hilfe von Jo Bertram und den Aufzeichnungen seiner toten Kollegin heraus, dass es Zusammenhänge zwischen dem abstrakten Mord in Lehrte, den Gangs in Hannover und dem Tod der Prostituierten im Frankfurter Westend gab.

Denn Jo Bertrams Lebensabschnittspartnerin hatte in gleicher Richtung recherchiert wie der Reporter in Frankfurt. Bei ihren Unterlagen fand sich ein dünnes, aber inhaltschweres Dossier. In ihm waren Hinweise auf einen „großen Unbekannten", der in einigen Fällen für die Hannoveraner Rocker tätig gewesen war.

Allerdings gab es auch einen Hinweis, dass die Hannoveraner diesen Unbekannten gegen fette Provisionen vermittelt hatten, wenn in Deutschland „heikle Fälle" ohne Spuren zu regeln waren. Wie auch immer. Aber meist tödlich.

Einen Namen hatte sie allerdings nicht, nur einen Hinweis: „Der Ukrainer…" dazu einen Nebensatz mit vielen Fragezeichen „soll nur über einen Russen oder einen Italiener aus Chicago zu buchen sein."

Dieser Fährte lohne es sich wohl nachzugehen, war die vorherrschende Meinung bei ABaKo. Doch heiß schien die Spur nicht zu sein. Eher eine vage Verknüpfung im verworrenen Netz der vielen bisher verfolgten Ermittlungsansätze.

Doch das sollte sich schnell ändern, als die graue Maus des Teams sich die Akten vom Westend noch einmal vornahm. Sie stieß auf den vornehmen Herrn, der den Mord gemeldet hatte. Warum sie beschloss, ihn bei Europol durch das System für verdächtige Individuen zu jagen, wusste sie selbst nicht. „Das nennt man in Amerika einen Haunch, sowas wie eine Eingebung", meinte Klaus Wolf. „Das kann man nicht erklären."

Wie wichtig exakte Recherche nicht nur in der journalistischen, sondern auch in der Polizeiarbeit ist, zeigte sich jetzt wieder einmal. Als die graue Maus im Team verglich, was die Journalistin herausgefunden hatte und was aus Europols Akte zu entnehmen war, riss es die Mitglieder des Teams von den Stühlen.

Denn der feine Herr war gar nicht so fein, wie er sich gab. Bei Europol kannte man seine Verbindungen zu russischen Unterweltlern ebenso wie zu Mitgliedern der „ehrenwerten Gesellschaft" in Italien. Bei jedem größeren Kunstraub in Europa tauchte sein Name als möglicher Hehler auf. Allerdings ohne, dass man ihm bisher je etwas beweisen konnte.

Denn der feine Herr schien viel zu intelligent zu sein, Hehlerware in Lagern zu verwahren, die mit seinem Namen verbunden werden konnte. Allerdings fand man immer wieder einmal Hinweise auf Reisen nach Chicago und nach Tirana.

Weshalb die Fahnder bei ABaKo beschlossen, sich mit ihren Kollegen vom FBI in Verbindung zu setzten. Schnell stellte sich heraus, dass der „feine Herr" auch hier kein Unbekannter war. Man konnte ihm bisher nichts zur Last legen. Er nannte als Grund für seine Besuche bei den Reisen immer „Geschäftsbeziehungen".

Was ihn noch nicht verdächtig machte. Wohl aber seine Kontakte. Denn viele der von ihm Besuchten waren bei lokaler Polizei wie FBI als „suspekt" gelistet.

In dem Zusammenhang tauchten Hinweise auf einen in der Nähe von Chicago lebenden Ukrainer auf. Mit ihm trafen sich sowohl der „feine Herr" wie auch seine Geschäftspartner öfter zu Barbecue-Abenden. Der Ukrainer machte auffällig viele Reisen nach Europa, ohne dass deren Sinn erkennbar wurde.

Allerdings wurde eines schnell klar: Obwohl der Ukrainer mit US-Pass keiner feststellbaren Tätigkeit nachging, verfügte er immer über nicht gerade geringe Summen in Dollar und auch ausländischen Währungen. Aber eine strafbare Handlung war ihm nicht nachzuweisen. Nicht einmal eine Verkehrsübertretung. Er wirkte wie ein vorbildlicher Staatsbürger. Reich genug, um keiner erkennbaren Tätigkeit nachgehen zu müssen, aber immerhin mit einem bescheidenen Häuschen versehen.

Die dunklen Seiten des aus dem Ostblock stammenden Mannes waren den Amerikanern bisher verborgen geblieben. Jetzt allerdings, mit den Informationen von ABaKo versehen, wollte man sich näher mit dem Mann befassen. Die deutschen Ermittler begannen, die Reisetermine des Mannes mit ungeklärten Tötungsdelikten in Europa abzugleichen. „Wir sind wieder im Geschäft", freute sich Horn. Und mit ihm sein ganzes Team. Denn jetzt schien größere Bewegung in die Sache zu kommen.

Was zu erstaunlichen Ergebnissen führte. Denn immer, wenn sich der Ukrainer in Deutschland aufgehalten hatte, reiste er über Frankfurt nach Hannover. Danach war er in ganz Europa unterwegs. Und: In den besuchten

Orten gab es immer mindestens einen ungeklärten Todesfall.

Nur nicht in Lehrte. Hier hatte sich der Besucher zwar zum Todeszeitpunkt der Lebensabschnittsgefährtin von Jo Bertram aufgehalten, aber es gab keinen Hinweis, dass er mit ihrem Tod etwas zu tun haben könnte. Aber eins war sicher: Während der Morde im Westend hatte er sich in Frankfurt aufgehalten. Allerdings ohne vorher in Hannover gewesen zu sein.

Dafür hatte der „feine Herr", der die Leichen im Westend gemeldet hatte, kurz vor der Reise des Ukrainers in die Mainmetropole bei einer seiner Barbecue Partys in Chicago teilgenommen. Doch das waren zu dünne Beweise, um ihn mit den Frankfurter Leichen in Verbindung zu bringen.

Beiderseits des Atlantiks hegten Polizeibeamte den gleichen Argwohn. Doch ein Verdacht ist kein Beweis. Und schon lange keiner, der einer gerichtlichen Überprüfung standhält. Der sechsfache Mord in Frankfurt blieb für die Beamten beiderseits des Atlantiks zunächst weiterhin ungeklärt.

Das änderte sich schnell, als ein deutsch-russischer Hehler nach seiner Festnahme beschloss, auszupacken. Zumindest so weit, wie er sich nicht selbst ans Messer lieferte. Dabei berichtete dieser ölige Typ den vernehmenden Beamten, er habe etwas über die Morde im Frankfurter Westend läuten hören. Sei noch gar nicht so lange her. Da habe er sich in St. Petersburg mit einigen Kollegen getroffen. Dabei hätten sie in einer Gaststätte ein Gespräch aufgeschnappt, das vielleicht interessant sein könnten. Wenn man ihm entgegenkomme, würde vielleicht auch …

Als der Mann schließlich zur Vernehmung zu ABaKo gebracht wurde, kamen weitere Details ans Tageslicht. Der schmierige Hehler, als solcher stand der Informant in den russischen wie den deutschen Kriminalakten, hatte mitbekommen, wie sich zwei Männer lautstark darüber austauschten, wie man am besten unauffällig einen unsicheren Kantonisten eliminieren könne.

Das schien für ABaKo nicht besonders interessant zu sein. Doch dann rückte der Informant mit weiterem Wissen heraus. Damals sei es auch noch um Mädchen gegangen, im Osten frisch von der Straße weggefangen und in den Westen verschoben. Blutjung seien die Fräuleins aus Ungarn, Tschechien, Bulgarien oder vom Balkan in Bordelle des Rhein-Main-Gebietes verschoben worden.

Die hellhörig gewordenen Ermittler erfuhren weiter, es sei von einem Ukrainer gesprochen worden, der über „Helfer" in Norden Deutschlands gebucht werden könne. Der sei ein wahrer Spezialist darin, auch schwierige Fälle lautlos, unauffällig und spurenlos zu regeln. Aber der sei sehr teuer.

Es sei davon geredet worden, dass es eigentlich schade sei, den Kollegen in Frankfurt ausschalten zu müssen. Denn dessen unübertroffene Spezialität sei gewesen, Mädels auf dem Land aufgabeln, in eine Disco schaffen. „Der Rest ist dann leicht. K. O.-Tropfen, einige brutale Kerle, die es ihnen ordentlich besorgen. Dann sind sie sogar dankbar, wenn sie es sanft gemacht bekommen. Sind sogar froh, wenn es Kohle dafür gibt. Genau das, was wir in diesen Bordellen brauchen."

Die Kumpane des Anführers waren beeindruckt. „Hört sich gut an", waren sie sich einig. „Risiko scheint auch gering zu sein." Doch ihr Anführer hatte da von einem Problem geredet. Der so gut arbeitende Kumpan in Frankfurt habe angefangen, auf eigene Rechnung zu arbeiten. Und dieses Geschäft auf eigene Rechnung habe Ausmaße erreicht, die eine Gefahr für die ganze Gang darstellten.

Schließlich waren sich die Männer am Nebentisch einig geworden. Man werde wohl doch den Ukrainer für diesen Job anheuern müssen. Denn diese einträglichen Geschäfte eines „Kollega" außerhalb der Gang mussten auf jeden Fall unterbunden werden. Möglichst drastisch, als unvermeidliches Beispiel für andere abtrünnige Gangmitglieder. Die mit ähnlichen Gedanken zu spielen begannen.

Der Rädelsführer hatte seinen engen Kumpanen zugestimmt, er werde das Geschäft wohl allein machen müssen. Ohne den „Frankfurter". Aber das könne er nicht auf lange Zeit gut gehen. Dann werde er ein anderes Geschäftsmodell in die Praxis umsetzen müssen. Die Kumpane könnten dann für ihn die laufenden Geschäfte übernehmen und ihm ein Drittel ihrer zu erwartenden Einnahmen, gewissermaßen als Provision, abgeben.

Das Gespräch sei für ihn nicht uninteressant gewesen, räumte der informationswillige Hehler ein. Vor allem war es aber so laut gewesen, dass er diese Details aufschnappen und sich merken konnte. Aber wer der Ukrainer sei und was aus dem Geschäft wurde, habe er nicht verfolgen können.

Das mochte ihm bei ABaKo niemand abnehmen. Aber die Angaben waren nicht zu widerlegen. Hinweise auf den Ukrainer hatte es schon früher in anderen Ermittlungen um Tötungsdelikte, nicht nur im aktuellen Fall, gegeben. Aber der Mann war immer ein Schemen geblieben. So auch jetzt noch. Aber im kriminellen Milieu schien etwas in Bewegung gekommen zu sein.

Mitarbeiter der technischen Überwachung des Bundeskriminalamtes hatten bei ihren Abhöraktionen etwas aufgefangen, das auf Auseinandersetzungen in den russischen Gangs hinzudeuten schien. Der Kopf einer dieser Gangs hatte ein vorläufiges Hauptquartier in Straßburgs nobelstem Hotel aufgeschlagen. Doch dann war er blitzartig verschwunden, tauchte erst in St. Petersburg wieder auf.

Der Russe hatte sich keinen Illusionen hingegeben. Nach dem Tod seines Statthalters im Frankfurter Westend wurde es immer deutlicher: Man sah in der Connection seine Geschichten mit Wodka und Weibern nicht gern, um es entgegenkommend auszudrücken. Auch nicht die Sache mit den Bordellen, die er überall im Westen mit Strohmännern, wie im Frankfurter Westend, betrieb. Auf eigene Rechnung. Ohne dass darüber in der Connection jemand genauer informiert war. Geschweige denn, dass der ihr zustehende Anteil abgeführt wurde. Aber es gab Gerede. Jetzt mehr als zuvor.

Im Moment sah es so aus, als sei in diesem Zusammenhang noch immer etwas im Gange. Der Einbeinige hatte ihm gegenüber letztlich Andeutungen gemacht. Gefürchtet, das Haus könnte beobachtet werden. Von wem und weshalb konnte der nicht sagen. Aber sein Statthalter hatte für so etwas immer eine feine Nase gehabt.

Jetzt, nach dem Vorfall im Frankfurter Westend, schienen sich die Schatten zu lichten. Der füllige Russe dachte nach. Es konnte eigentlich nur einen geben, der besser informiert war als er. Denn das Handwerk in

Frankfurts Westend hatte ganz nach der Arbeit eines Mannes ausgesehen, den man im Milieu nur als den Ukrainer kannte. Selbst er hatte diesen Schemen nie persönlich gesehen. Es gab nur den Kontakt über die Rocker und Hannover. Der Russe beschloss zu handeln. Auf seine Weise.

Der Anruf bei der Kontaktadresse für diese komplizierten Fälle funktionierte einwandfrei. Der Füllige ließ ebenso kurz wie präzise wissen, es handele sich um einen wirklich ernsten Fall, für den man viel zu zahlen bereit sei. Persönliches Treffen an einem sicheren Ort sei hierfür unumgänglich. Die Gegenseite solle Ort und Zeit festlegen und codiert, wie immer, wissen lassen.

Beim Bundeskriminalamt rieben sich die Spezialisten die Hände. Endlich, hofften sie, werde man eine direkte Adresse und sogar ein persönliches Treffen observieren können. Dabei sollte eine völlig neue Technik eingesetzt werden. Aus den USA zur Verfügung gestellt, hatte man sie schon in kleineren Fällen getestet. Mit gutem Erfolg, doch der große Wurf stand noch aus.

📖

Was sich jetzt entwickelte, sollte zu einem Stich ins Wespennest werden. Über einen von der Unterwelt für sicher gehaltenen toten Briefkasten nahm der Ukrainer Kontakt mit dem Anrufer auf. Doch längst war der Beschluss gefasst, nicht nur den Russen und seinen Statthalter in Frankfurt, sondern auch den Ukrainer aus dem Verkehr zu ziehen. Für immer.

Denn in der russischen Gang hatte man beschlossen, das ebenso füllige wie aufmüpfige Mitglied zu eliminieren. Und den Ukrainer gleich mit. Denn beide waren für die feinen Herren im Hintergrund zu mächtig und zu eigensinnig geworden. Man beschloss, beiden gemeinsam eine Falle zu stellen.

Der Mann fürs Grobe, der beide Fälle gleichzeitig lösen sollte, war schnell gefunden. Der Italiener hatte für die amerikanischen Mitglieder der Bande gearbeitet. Und war mindestens so gut wie der Ukrainer. Das zumindest schworen die Gangmitglieder, die mit diesem Vollstrecker schon Erfahrungen hatten. Seine wichtigste Qualifikation für diesen Job war: Er kannte den Ukrainer aus Chicago.

Der Italiener wurde zu einem Treffen nach Deutschland eingeladen. Frankfurt schien den Herren im Hintergrund unverfänglich genug. Doch da mochte der Mann aus Chicago nicht mitspielen. Die Stadt sei zu groß und die Polizei dort zu „aufgeklärt", meinte er letztendlich. Er sprach sich nach einem Blick ins Internet für Darmstadt aus. „Groß genug, um nicht aufzufallen, viele Ausländer leben dort und die Polizei nicht die hellste von Deutschland", tat er seine für die Hüter von Gesetz und Ordnung wenig schmeichelhafte Meinung kund.

„Der erste Schritt", stimmten die Auftraggeber zu. „So sind wir beide los und haben uns in der Organisation Respekt verschafft." Was die anderen Beteiligten schließlich ebenso sahen. Der Wortführer rief den Italiener an und erteilte ihm den Auftrag, so selbstverständlich als kaufe er einen Sack Kartoffeln. Es müsse schnell gehen, war man sich außerdem einig.

Das funktionierte dann in der Tat. Man verständigte den Ukrainer, er solle auf der Autobahn 5 einen Rastplatz anfahren, um sich dann mit seinen Auftraggebern zu treffen. Von dort werde man in Darmstadt in eine beliebte Bierkneipe gehen, wo man kaum auffallen würde und unauffällig sprechen könne. Danach werde man ihn in einem behaglichen, vor allem unauffälligen, Hotel in der Innenstadt unterbringen.

Es funktionierte. Der Ukrainer schöpfte keinen Verdacht. Als man sich auf dem Autobahnparkplatz getroffen hatte, ging die Fahrt unauffällig zum Bier. Hier bekam der Ukrainer seinen Scheinauftrag mit allen Details erklärt.

Auffällig war, dass er sich ständig umsah, als warte er auf etwa. Er begründete sein Verhalten mit angeborener Vorsicht. Doch die Auftraggeber misstrauten ihm.

Als schließlich der füllige Russe auftauchte, waren die Opfer beisammen. Nur der Italiener war außen vor, wie geplant. Der hatte die Szene mit größter Sorgfalt aus sicherer Entfernung beobachtet. Er wartete auf seine Chance. Die sollte seine Opfer in einem beliebten Freizeitgebiet in der Nähe der Wissenschaftsstadt, wie sich Darmstadt gern nennt, treffen.

Als sich die bereits bierselige Gesellschaft „noch ein wenig die Füße vertreten" wollte und zu dem Teich mit seinen für Familien gedachten Anlagen kam, lauerte der Italiener schon in seinem Versteck. Die öffentliche Toilettenanlage stand unter Denkmalschutz. Sie war im Stil des alten französischen Pissoirs gebaut: eine rundum geschlossene eiserne Wand, am Boden dackelhoch offen und mit einem auf zierlichen Stützen ruhenden, ebenso offenen Dach. Der Eingang lag an einer abgelegenen Seite.

Sein Gewehr mit Zielfernrohr war durchgeladen. Wenn seine Zielpersonen sich erleichtern würden, war ihr letztes Stündlein gekommen. Der Schalldämpfer auf dem präparierten Kleinkalibergewehr mit der Spezialmunition würde dafür sorgen, dass zunächst niemand Unbefugtes etwas merken würde.

Der Italiener ließ sich Zeit. Sein Versteck zwischen den Büschen unter hohen Buchen war recht angenehm. Nur die Mücken störten ihn. Doch hart im Nehmen beachtete er sie einfach nicht.

Als die Gruppe nach einem Rundgang um den Teich wieder in Sicht kam, streckte sich der Italiener in seinem Versteck. Sorgfältig um sich sichernd, hob er die Waffe. Die Zielpersonen waren für ihn klar zu erkennen. Sie ahnten nichts von dem Schicksal, dass sie in wenigen Minuten ereilen sollte. Besonders der füllige Russe schien guter Laune zu sein. Immer wieder schlug er dem Ukrainer neben sich auf die Schulter, schubste ihn wie einen guten Kumpel.

Der Italiener sah Probleme mit dem fetten Kerl auf sich zukommen. Bei beiden sollte jeweils ein Schuss reichen, ihnen das Lebenslicht auszublasen. So war es geplant. Die sorgfältig präparierten Kugeln mussten das garantieren.

Der erste Schuss traf den Ukrainer mitten ins Herz. Streckte ihn sofort zu Boden. Erstaunlich beweglich reagierte der fette Russe. Er fuhr herum, bückte sich nach dem zu Boden gegangenen Mann. Dem Italiener war das Ziel aus dem Visier geraten, er orientierte sich neu.

Dazu brauchte er nur Sekunden, dann traf er den fülligen Mann, der mit entsetzt aufgerissenen Augen in seine Richtung schaute, seitlich in die Brust. Röchelnd ging der Russe zu Boden; versuchte, aus der Schussrichtung zu kriechen. Vergeblich. Ein weiterer Schuss ins Ohr setzte seinem Leben ein Ende.

Als wenig später die Polizei Darmstadt am Tatort eintraf, fand sie zwei Tote, eine Schusswaffe ohne Fingerabdrücke. Nur aufgeregte Männer, die in Sprachen des Ostens durcheinanderredeten. Sie hatten natürlich keine Ahnung, was ihren bierseligen Spaziergang mit Freunden so jäh unterbrochen hatte.

Die Ermittlungen der schnell alarmierten Darmstädter Mordkommission erwiesen sich als zäh und schleppend. Denn erst einmal gab es die erwarteten sprachlichen Schwierigkeiten. Dann kam hinzu, dass keiner der Vernommenen etwas gesehen oder mitbekommen haben wollte. Rein gar nicht erklären konnten sich die Männer, wer es auf ihre „guten Freunde" abgesehen haben könnte.

Man habe sich lediglich zu einem Geschäftstreffen verabredet. Nicht einmal zu einem von herausragender Bedeutung. Eigentlich ein einfaches Routinetreffen sei es in Darmstadt gewesen. Bis zu diesen völlig unerklärlichen Schüssen.

Worum es dabei im Detail gegangen sei? Nur mühsam rückten die Herren mit ihren vermeintlichen Geschäften heraus. Man handele mit Schmuck und Ikonen, für die es in Westeuropa einen großen Markt gebe. Die Anbieter in der Russischen Föderation hätten vom westlichen Markt keine Ahnung. Weshalb sie als Mittelsmänner tätig seien.

Die Darmstädter Beamten hatten davon gehört, dass bei dem Mehrfachmord in Frankfurt auch Ikonen aus dem Osten eine Rolle gespielt hatten. Ob es da eine Verbindung gab? Man konnte sich kein rechtes Bild machen, dachte aber nach. Es wurde beschlossen, die Männer erst einmal zu bitten, etwa länger in Darmstadt zu bleiben. Denn für Festnahmen gab es keinen Grund.

Aber die Beamten beschlossen, ein wachsames Auge auf die Zwangsgäste eines gemütlichen Innenstadthotels zu haben. Wenn sie wirklich Kenner der russischen Kulturszene waren, würden sie bestimmt die Russische Kapelle auf der Mathildenhöhe und einige andere mit dem Zarenhof in Verbindung stehende Punkte in Darmstadt aufsuchen.

Diese Annahme erwies sich schnell als Fehlbeurteilung. Die Männer schienen vor allen Dingen am Bier einer kleinen Brauerei in der Innenstadt Gefallen zu finden. Denn im Biergarten der Brauerei verzehrten sie nicht nur riesige Portionen der dort angebotenen Speisen, sondern auch Unmengen des süffigen Biers. Eine besondere Spezialität, die nicht nur Generationen Schüler des gegenüberliegenden Gymnasiums zu schätzen wissen.

Weil man in Darmstadt nicht weiterkam, beschlossen die Darmstädter Ermittler endlich nach Tagen, ihre Kollegen von ABaKo mit ins Boot zu holen. Peter Horn, der mit dem Ermittlungsführer sprach, musste sich zusammennehmen, um nicht aus der Haut zu fahren. Später sollte er bei seinen Kollegen Frust und Wut darüber ausführlich herauslassen, dass die Zusammenarbeit innerhalb der Polizei nur so schleppend klappe. „Die schlafen Tag und Nacht bei offenem Fenster", fand Petra Stein.

Horn hielt das Ganze später, wieder einmal, eher für Angst davor, Fehler einzugestehen oder eigene Unzulänglichkeiten bei den Ermittlungen auszupacken. „Ehe wir diese Animositäten nicht ablegen, werden wir unserer Gegenseite immer unterlegen bleiben", murrte er. Eine Einschätzung, die in seinem Team unbestritten blieb.

Obwohl spät eingebunden, setzte die Routine von ABaKo sofort nach den ersten Informationen ein. Wichtigster Schritt: Überprüfung der Pässe der Darmstädter Zwangsgäste. Dabei stolperten Jobst Hahn und Klaus Wolf fast gleichzeitig über einige Ungereimtheiten. Die Schreibweise einzelner Namen wies Übereinstimmungen mit Namen in den internationalen Listen zwielichtiger Personen von Europol auf. Aber die Reihenfolge der Vornamen in den Pässen stimmte nicht mit denen bei der europäischen Polizei überein.

„Sollten wir bei den Botschaften nachfragen? Überlegte ein Mitglied des Teams laut. Carmen Franke nagte an ihrer Unterlippe. „Dann können wir denen gleich erzählen, warum wir die wofür in Verdacht haben", überlegte sie laut. „Das sollten wir möglichst vermeiden. Noch ist alles, was wir haben, nur vage."

Da lag der Hase im Pfeffer. Denn ABaKo hatte eigentlich überhaupt nichts in der Hand. Man kannte nämlich nichts außer den Protokollen der Vernehmungen. Und was darin zu lesen war, konnte man einfach nur als mager bezeichnen. Denn darin stand eigentlich nicht mehr, als dass man nichts von der Tat mitbekommen habe.

Einer der ausländischen Zeugen fiel den geschulten Experten von ABaKo besonders auf. Ungnädig hatte er gegen seine Anhörung bei der Polizei protestiert. Gesagt er fühle sich von den deutschen Ermittlern belästigt. Warum die so einen Aufstand wegen der Schüsse machten, wollte er polternd wissen.

Bei eigenen Vernehmungen beschloss Klaus Wolf, den Verärgerten über den Verdacht von ABaKo zu informieren: „Wir haben den Verdacht, dass diese beiden Morde hier etwas mit sechs weiteren Tötungsdelikten zu tun haben". Wolf redete nicht lange um den heißen Brei herum.

Sein Gegenüber horchte auf. Er habe etwas davon läuten hören, dass es in Frankfurt mehrere Tote gebe, die mit einem Geschäftsfreund aus dem Ikonengeschäft zu tun haben könnten. Aber mehr wisse er auch nicht. Nur noch, dass der Ikonenhändler aus Frankfurt sich lange nicht mehr bei ihnen gemeldet habe. Sonst seien es mit ihm immer gute Geschäfte gewesen. Ware gegen Geld, alles sofort. So sei das Geschäft immer abgelaufen.

Als er Details der „Frankfurter Geschichte" hörte, zuckte der füllige Mann aus dem Osten mit keiner Wimper. Ärgerlich sei, was da passiert ist, meinte er. Aber was könnten er und seine Geschäftspartner damit zu tun haben? Diese Frage mochte Klaus Wolf nicht so direkt beantworten. Er wiegte nachdenklich den Kopf.

Na ja, murmelte er schließlich vor sich hin. Wegen der Ikonen, die in beiden Fällen als Geschäft eine Rolle spielten, sei man auf diese Spur gekommen.

Der Osteuropäer runzelte die Stirn. „Ist das schon ein Verdacht, weshalb sie hier mit mir reden?" Wollte er genauer wissen. Jetzt war es für Wolf an der Zeit, einen vorsichtigen Rückzug anzutreten. „Nein, nein", beeilte er sich zu versichern. Das sei nicht einmal eine Befragung, von einem Verhör könne schon gar keine Rede sein. Man hoffe nur, ganz allgemein etwas mehr über die Geschäfte mit Ikonen zu erfahren. Mehr sei da nicht im Busch.

Zufrieden nickend nahm der Fremde dies zur Kenntnis. Zufrieden war auch Klaus Wolf. Nach außen hin jedenfalls. Denn außer einigen schwachen Anhaltspunkten hatte sich in der Frage, die ABaKo auf den Nägeln brannte, nichts ergeben.

Später in Frankfurt äußerte er einen vagen Verdacht. Da sei mehr im Dunkeln geblieben, als er vermute, berichtete er Peter Horn und seiner Teampartnerin Petra Stein gegenüber. Aber er höre dunkel die Glocken läuten, wisse jedoch nicht, wo sie hingen. Das Treffen in Deutschland habe auf keinen Fall der Anbahnung von Geschäften mit Ikonen gedient, war er sicher. Da sollte etwas viel Weitergehendes in die Wege geleitet werden.

Es war nicht nur Klaus Wolf, der sich über das Gespräch in Darmstadt Gedanken machte. Auch seinem Gesprächspartner kam die Befragung letztendlich verdächtig vor.

Wenn tatsächlich etwas durchgesickert war, konnte man sich in der verschlafenen kleinen Großstadt nicht sicher fühlen. Was wäre, wenn ein ihrer Sprache mächtiger Kriminaler ihre Biertischgespräche mitgehört hätte? Nur so einfach vom Nebentisch her. Laut genug waren sie eigentlich immer gewesen.

Weshalb beim abendlichen Treffen am Biertisch fast geflüstert wurde. Am nächsten Morgen wollten die Besucher Nägel mit Köpfen machen. „Wir müssen, dringender Geschäfte wegen, zurück in unsere Heimatländer", erfuhren die über die plötzliche Eile erstaunten

Darmstädter Polizisten. „Falls nichts gegen uns vorliegt, werden wir gleich heute abreisen", teilten die Herren getrennt aber unisono den Beamten mit. Und setzten dies Vorhaben umgehend in die Tat um.

📖

In Frankfurt war man über die Reiselust der Darmstädter Gäste nicht verwundert. Er habe so etwas erwartet, ließ Klaus Wolf wissen, nachdem er telefonisch informiert worden war. „Es spricht viel dafür, dass die Herren nicht wenig Dreck am Stecken haben, könnte ich fast schwören", sagte er zu Petra Stein. Die wollte wissen, was nun zu tun sei, um doch noch Informationen zu bekommen. Wolf konnte nur mit den Schultern zucken.

Bei der abendlichen Lagebesprechung kam die Anregung auf den Tisch, sich noch einmal mit den Verbindungen der Russen nach Hannover und zum Westend zu beschäftigen. Eingehender, als es bisher erfolgt war. Außerdem gab Rätsel auf, warum außer dem Ukrainer auch ein russischer Teilnehmer des Treffens ums Leben gekommen war. Die beiden Schüsse auf ihn schienen den Ermittlern völlig unerklärlich.

Der Chef von ABaKo stellte sofort ein Team zusammen, das erneut alle Ermittlungen, selbst die Ansätze hierzu, von Frankfurter Mordkommission, Darmstädter Ermittlern und aus den eigenen Reihen überprüfen sollte. Mit dabei: die „graue Maus" mit dem eidetischen Gedächtnis. Sie wurde deshalb von anderen, laufenden Aufgaben freigestellt.

„Ich komme mit der Rolle unseres Gentlemans nicht klar, der die Erstmeldung abgeliefert hat", sagte sie bei einer kurzen Besprechung mit Peter Horn. „Mir ist, als ob der seine Finger tiefer in der Sache hat, als wir bisher erkennen konnten. Der muss gründlich untersucht, notfalls observiert werden", schlug sie vor. „Fordere dafür gleich ein Team an", wies Horn seine Mitarbeiterin an. Die war noch nie zuvor mit einer so wichtigen Aufgabe betraut worden. Ihr Selbstbewusstsein wuchs.

Weshalb sie sich sofort daran machte, die Grundbucheinträge für das noble Haus am Kurpark von Bad Homburg zu überprüfen, dass der Kunsthändler bewohnte. Bevor er die Immobilie erwarb, schien das Haus durch viele Hände gegangen zu sein. Mindestens gab es mehrere Eintragungen, die auf Kaufanteile an der teuren Liegenschaft hinwiesen. Darunter waren nicht nur harmlose Namen, sondern auch einige, die für die Ermittlerin „ein Geschmäckle" hatten.

Aber das hatte ein Ende, als der Kunsthändler die Liegenschaft übernahm. Sein Name war mit einem Schlag der einzige in der Besitzerliste geworden. Genau wie beim Einwohnermeldeamt nur noch er als Bewohner des großen Gebäudes auf weitläufigem Grundstück erschien.

Das weckte nicht nur das Interesse der „grauen Maus". Als sie von ihren ersten Ergebnissen der Ermittlungen berichtete, erregte das Jobst Hahns besondere Aufmerksamkeit. „Wenn der da allein lebt, wie bisher dauernd auf Reisen ist, müsste man dann in seiner Abwesenheit das leerstehende Haus gründlich und in Ruhe filzen können.", meinte er.

Wogegen Peter Horn Bedenken äußerte. „Das würde einem Einbruch nicht nur ziemlich nahekommen", gab er zu bedenken. „Denn ich glaube kaum, eine Genehmigung für eine Durchsuchung in Abwesenheit zu bekommen.

Vor allem nicht, wenn von uns keine Hintergründe angegeben werden." Fast seine gesamte Mannschaft sah das ähnlich. „Aber, wenn du nichts weißt, musst du auch nix machen", gab Petra Stein zu überlegen.

„Ich würde schon mit Jobst da rein gehen wollen", tat die Kommissarin geringe Gesetzestreue für diesen Fall kund. „Aber wir müssten optimal abgesichert werden. Damit wir keine üble Überraschung erleben."

Das Vorhaben ergab eine völlig neue Konstellation der Zusammenarbeit. Petra Stein wollte, zusammen mit der „grauen Maus", und Jobst Hahn, in das Haus gehen. „Denn", hatte Petra Stein kundgetan, „auf ihr eidetisches Gedächtnis und ihre Fähigkeit, Zusammenhänge in der Raumkonstellation zu erkennen und im Gehirn zu speichern, können wir dabei nicht verzichten." Für die Sicherheit des Trios erklärte die Stein weiter, gebe es dann als beste Aufpasser nur Klaus Wolf und Carmen Franke.

„Wir vier sind ein eingespieltes Team, in dem sich jeder blind auf den anderen verlassen kann. Mehr Leute dürfen wir auf keinen Fall sein. Sonst wird das gefährlich. Was ist, wenn wir einem aufmerksamen Nachbarn auffallen?"

„Wenn rauskommt, was da abgeht, wird mir kein Mensch glauben wollen, dass ich von der ganzen Aktion nichts wusste", unkte Horn. „Dann sorg' dafür, dass bei der Maßnahme nichts passiert. Wir passen schon auf uns auf. Nur den Rücken muss uns das Team frei halten."

Die Vorbereitungen für diese absolut nicht legale Aktion liefen langsam und mit großer Präzision an. Nichts überstürzen, alles sorgfältig planen lautete die Devise. Vor allem wichtig: eine lückenlose Überwachung von Haus und Besitzer. Da durfte kein noch so kleines Detail übersehen werden.

Dabei machte Carmen Franke eine interessante Entdeckung. Ihr fiel auf, dass der Erstmelder aus dem Mord im Westend ein neues Ziel außerhalb Frankfurts entdeckt hatte. Er war immer öfter auf der Bundesstraße 3 zwischen Darmstadt und Bickenbach unterwegs.

Der honorige Gentleman verkehrte offenkundig in einem außerhalb der Gemeinde an einem Hang fast verborgen liegenden Gasthaus. Wo es, wie Klaus Wolf schnell herausfand, nicht nur eine vorzüglich ausgestattete Bar und exklusive Speisen, sondern auch komfortabel ausgestattete Doppelzimmer gab. Die meist nur für eine Nacht vergeben wurden. Auf Wunsch inclusive der an der Bar anzutreffenden jungen Damen.

Folgte man den Versprechungen der Anzeigen in der „Nachtpost", war dieses noble Etablissement der zwanglose Treff für Singles und Paare. Beiderlei Geschlechts. „Hier werden ihre Wünsche in angenehmem Ambiente wahr", versprach die Anzeige.

Wesentlich mehr als hier für den Laien unverfänglich zu erfahren war, wusste Jo Bertram. Der Reporter ließ seinen Freund Wolf nicht lange im Unklaren, wer und was sich hinter dem ehemals feinen Landgasthof außerhalb Bickenbachs verbarg. Das Etablissement habe eine ziemlich wechselvolle Geschichte mit wechselnden Konzepten und Betreibern hinter sich, berichtete er. „In den 70er/80er Jahren im 20. Jahrhundert war's wohl mal so

116

eine Art Schicki-Micki-Diskothek. Lange gehalten hat sich hier kein Konzept." Er nahm beim abendlichen Umtrunk einen großen Schluck Bier.

„Danach war es ein richtig feines Ausflugslokal für Familien, mit und ohne Kinder. Aber dann ging es steil abwärts", berichtete er weiter. „Der Laden ging durch mehrere Hände, bis ihn schließlich ‚Madame X' das Ruder im abgewirtschafteten Etablissement übernahm.

„Wer ist das denn?" Wunderte sich Klaus Wolf. Petra Stein lachte. „Jetzt merkt man, dass du nicht auf dem Laufenden bist, was hier in der Gegend los ist. Madame X kommt aus den nördlichen Gefilden, hat in Minden ein nobles Bordell unter diesem Namen betrieben und dann hier weitergemacht, als ihr da oben der Boden zu heiß wurde."

Wolf war in der Tat platt. Jo Bertram freute sich darüber, gab sich redefaul, als sein Trinkkumpan weitere Details hören wollte. Aber Petra Stein berichtete, was im Frankfurter Sittenkommissariat über Madame X und ihr Etablissement an der Bergstraße bekannt war. Alles in allem galt der Landgasthof als seriöses Etablissement. Soweit man diesen Begriff in dieser Halbwelt überhaupt verwenden kann.

Das Konzept war ursprünglich so gewesen, dass das weitläufige Areal tagsüber und an den Wochenenden als gutbürgerlicher Gasthof diente, zusätzlich, für Geburtstags- und Hochzeitsfeiern taugte. Jedoch das Lokal kam mehr und mehr in die Jahre, wurde nicht renoviert. Das Niveau sank, je öfter der Besitzer wechselte. Schnell war der miese Ruf des Gasthofes kein Geheimnis mehr. Er wurde daher von Ortsansässigen gemieden.

„Aber dann kam Madame X in die Gegend. Sie kaufte, mit wessen Hilfe auch immer, die heruntergekommene Liegenschaft für einen Appel und ein Ei", wusste Petra Stein. „Sie renovierte und baute um. Das Ganze mit Feuereifer. Ziemlich schnell hat sie einen guten Ruf in den einschlägigen Kreisen erworben. Der war zunächst eher regional begrenzt, erstreckte sich mehr in die Mannheimer und Ludwigshafener Gegend. Das könnte sich jetzt natürlich geändert haben, wenn unser Frankfurter Gentleman hier verkehrt..."

Damit sollte die Stein recht behalten. Denn als sich ABaKo entschied, dem feinen Herrn einen Kragen zu verpassen, stellten die Observationsteams schnell fest, dass er in der Tat offensichtlich gern und häufig die Dienste der Damen in Bickenbach in Anspruch nahm.

Womit er nicht allein war. Auf dem großzügigen, versteckt gelegenen Parkplatz des Etablissements standen zahlreiche Nobelkarossen mit Frankfurter Kennzeichen. Sie stellten eindeutig die Mehrheit auf den rund 50 Parkplätzen, die Abend für Abend fast alle besetzt waren. Was letztendlich für die Frankfurter Kripo, genauer die Sitte, nicht uninteressant schien. So fiel der Beschluss, hier ein wachsames Auge auf das Geschehen zu haben.

Die engmaschige sommerliche Überwachung von „Madame X" hatte für die Damen im Team von ABaKo einen erfreulichen Nebeneffekt. Um die Zufahrt bei Tageslicht unauffällig überwachen zu können, waren die Teams gezwungen, sich gegenüber auf dem Blumenfeld eines Bickenbacher Landwirts aufzuhalten, der dort Blumen zum Selbstschneiden anbot. Weshalb man gezwungen war, nicht gerade kleine Sträuße zu erwerben.

Schnell stellte sich bei der Überwachung des feinen Herrn heraus, dass er ein ziemlicher Gewohnheitsmensch war. Mindestens alle zwei Wochen hielt er sich eine Nacht im Etablissement der Madame X auf, blieb die ganze Nacht und kam erst morgens zurück in sein Haus in Bad Homburg. Immer allein. Das schien ihm wichtig zu sein.

📖

Als ABaKo sicher war, die Gewohnheiten ihres „Kunden" genau genug zu kennen, um unauffällig zuzugreifen zu können, bereitete sich das Team auf eine Nacht im Haus in Bad Homburg vor. „Es wäre ja gelacht, meinte Petra Stein, „wenn wir dabei nicht auf irgendeinen Hinweis träfen."

Doch so weit war es erst einmal nicht. Eine Angewohnheit des feinen Herrn war, wenn er abends nach Hause kam unverzüglich mit seinem Nobelschlitten in die automatisch öffnende Garage zu fahren. Im Haus erleuchtete er sofort alle Zimmer hell, bevor er die Rollläden herabließ.

Horn fand, als er davon erfuhr, dieses Verhalten spiele ihnen ja direkt in die Hände. „Ihr müsst das genauso machen", riet er seinem Team, von dessen wenig gesetzestreuem Tun er offiziell nichts wissen durfte. „Dann seid ihr unauffällig drin." Weshalb schnell klar war, dass nur Jobst Hahn als Fahrer in Frage kam. Die beiden Frauen mussten sich bei der Anfahrt im Wagen hinlegen, um nicht gesehen zu werden.

Unverzichtbar war, stellte Klaus Wolf heraus, dass Spezialisten das automatische Steuerungs- und

Alarmsystem im Haus hacken mussten, bevor ihr Vorhaben in die Tat umgesetzt werden konnte. „Außerdem müsst ihr ein Laptop dabeihaben, falls ihr USB-Sticks oder externe Festplatten findet, die ihr überspielen müsst. Denn mitnehmen könnt ihr in dem Haus nichts", gab er Petra Stein warnend zu bedenken.

📖

Nachdem die Vorbereitungen so weit gediehen waren, schien im letzten Moment doch etwas schief zu laufen. Es vergingen 14 Tage, drei Wochen und der feine Herr machte keine Anstalten, sich nach Bickenbach zu begeben. „Sollte der seine Gewohnheiten geändert haben, womöglich eine feste Partnerin haben?" Fragten sich die Akteure bei ABaKo ziemlich sorgenvoll.

Doch dann schien alles wieder seine gewohnten Bahnen zu ziehen. Das Observationsteam in Bickenbach meldete, der Herr sei soeben eingetroffen. Einer aus dem Team an der Bergstraße beschloss, einfach als Gast in das Lokal zu gehen und sich umzusehen. Was sich als voller Erfolg erweisen sollte.

„Zielobjekt feiert an der Bar mit einer jungen Frau stürmisch Wiedersehen", meldete er per SMS umgehend nach Frankfurt. Dabei könne man direkt neidisch werden. „Aus unserer Sicht kann es losgehen", schloss er.

Was sich Petra Stein und ihr Team nicht zweimal sagen ließen. Umgehend fuhren sie nach Bad Homburg, waren so glücklich, ohne Schwierigkeiten in das Haus zu kommen. Auch die Sache mit Licht und Jalousien funktionierte ohne Störungen. Jetzt galt es, sich einen Überblick über Räumlichkeiten, Sicherheitsvorkehrungen und alle weiteren Gegebenheiten zu verschaffen.

Ärgerlich stellte Jobst Hahn schnell fest, dass in verschiedenen Räumen geschickt getarnte Überwachungskameras untergebracht waren. Sie alle zu finden, äußerte er sofort gegenüber Petra Stein seine Befürchtung, werde mehr Zeit brauchen, als sie zur Verfügung hätten.

Die Kollegin mit dem eidetischen Gedächtnis hatte sich während des Dialogs umgesehen. „Wo eine Kamera ist, muss auch ein Aufzeichnungsgerät sein. Lasst uns das finden, dann können wir weitermachen", schlug sie vor. „Wir können den Rekorder außer Betrieb nehmen", schlug sie vor. „Dann glaubt der Besitzer, es habe einen technischen Defekt gegeben, wenn er seine Aufzeichnungen nachprüfen will." Was alle Kollegen für eine gute Idee hielten.

Petra Stein war es, die den Rekorder schließlich entdeckte. Es zeigte sich schnell, dass in dem unauffälligen Schränkchen mit dem Gerät noch mehr technische Gemeinheiten versteckt zusammenliefen. So gab es einen lasergesteuerten Bewegungsmelder, der den Zutritt zum Schlafzimmer und zu einem kleinen Bereich im Arbeitszimmer schützte.

„Ein enormer Aufwand für einen harmlosen Kunsthändler", fand Klaus Wolf, als er über Funk von der Entdeckung erfuhr. „Wer so aufwendige technische Spielereien in sein Domizil einbaut, hat etwas zu verbergen. Oder macht unsaubere Geschäfte."

Die hilfsbereiten Hacker der Spezialabteilung beim Polizeipräsidium wurden erneut um dringende wie verschwiegene Hilfe gebeten. „Ein ganz schönes Stück Arbeit", merkten sie schnell, als sie sich daran machten weitere systeminterne Details in Bad Homburg zu suchen.

„Alles läuft auf den Schutz des Tresors hinaus. Was eigentlich zu erwarten ist", schlossen sie, als sie mit der Arbeit weiter vorankamen. „Er hat einen Fehler gemacht, alle Sicherheitseinrichtungen auf diesen Schrank zu legen", grinsten die Experten vor sich hin. „Gleich haben wir auch die digitale Kombination für den Tresor. Dann könnt ihr bald wieder verschwinden. Wo immer ihr auch sein mögt."

Doch so schnell wie gewünscht ging es mit dem Verschwinden nicht. Als der Tresor sperrangelweit offenstand, entdeckte das Team außer mehreren Aktenordnern zahlreiche Speichermedien hoher Kapazität. „Das dauert Stunden, die mit unserem Dienst-Laptop zu überspielen", fluchte die Stein. „Nicht wenn ihr uns ranlasst", meldeten sich die Hacker zu Wort. Einfach an euer Laptop anschließen und uns machen lassen."

Obwohl sie an den Erfolg der Aktion nicht so recht glauben mochte, folgte Petra Stein den Anweisungen der Kollegen. Was das einfache Laptop der Kommissarin nahezu zum Glühen brachte. Währenddessen fotografierten Jobst Hahn und die graue Maus die Akten Seite um Seite.

Sie schafften es gerade, mit dieser Arbeit fertig zu werden, bis die gewöhnliche Abfahrtzeit des Hausbesitzers aus Bickenbach gekommen war. Unauffällig, und wie sie hofften unbemerkt, verdrückten sich die „Einbrecher" wie sie gekommen waren: ohne bei den Nachbarn Verdacht zu erregen.

Wie erfolgreich der illegale Einsatz gewesen war, zeigte sich erst fast einen Monat später. Als die Fotos der Akten und die Kopien der Festplatten vorlagen, kamen die Ermittler von ABaKo auf ein umfangreiches Netzwerk von Schmuggel und Hehlerei wertvoller Ikonen, Gemälde sowie anderer Kunstgegenstände aus allen Teilen der ehemaligen Sowjetrepubliken.

„Als Beweismittel vor Gericht kann davon nicht ein Stück dienen", dämpfe Peter Horn die Euphorie seiner Leute. „Das sind illegal beschaffte Beweismittel. Damit zerreißt euch jeder Verteidiger vor einer Strafkammer in der Luft."

„Wofür haben wir denn diesen ganzen Aufwand getrieben?" Ärgerte sich nicht nur die Stein, die ihr Missfallen an Horns lapidarer Feststellung laut kundtat. „Horn zuckte die Schultern. „So ist das Material für die Füße. Aber wenn wir es als Hintergrundwissen in die zuständigen Dezernate geben, wissen die wo angesetzt werden kann. Dann wird das legal. Weil die Zuständigen genau wissen, was sie wo ermitteln müssen. Denen habt ihr einen großen Dienst erwiesen. Uns nur Kosten verursacht."

In der Tat herrschte große Freude über das ihnen als „Abfallprodukt" übergebene Informationsmaterial bei den mit Kunstrauben und illegalem Kunsthandel befassten Fachabteilungen der Polizei sowohl in Deutschland wie im Ausland. Sie konnten dank der Aktivitäten von ABaKo zahlreiche „verschwundene" Kunstwerke wieder aufspüren.

Es gelang in vielen Fällen, Ross und Reiter für die illegalen Geschäfte dingfest zu machen. Was zu erheblichen Bestrafungen führte. Mehrere Hehlerringe, die auf östliche Kunst spezialisiert waren, konnten zerschlagen werden.

Womit der Chef von ABaKo Recht behalten sollte. Im Fall des Westendmörders und seiner Auftraggeber hatte sich nichts ergeben. Da schien der feine Herr mit der beachtlichen Potenz völlig außen vor zu sein.

📖

FSC
www.fsc.org
MIX
Papier | Fördert
gute Waldnutzung
FSC® C083411

Zeitfracht Medien GmbH
Ferdinand-Jühlke-Straße 7
99095 Erfurt, Deutschland
produktsicherheit@kolibri360.de